U0097594

GAEA

Gaea

風暴之子

失落的臺灣古文明

葛葉——著
nofi——插畫

推薦序

國立臺灣史前文化博物館館長　王長華

一九八〇年卑南遺址因臺東火車站新建工程而啓動搶救發掘，至一九八八年間總共進行了十三梯次的搶救發掘工作，出土記錄至少一千五百二十三具石板棺，以及全臺灣數量最多的玉器陪葬品與大量的陶、石質考古遺物。卑南遺址所出土大量考古資料讓我們對臺灣在距今三千五百年至兩千三百年前新石器時代中晚期豐盛的聚落格局、生業型態、玉器裝飾，以及埋葬習俗等面向的議題有更深的認識，對於過去生活在這塊土地上的人群故事能有新的理解。

史前館的籌建乃是建基於卑南遺址的發掘成果，當年考古出土及其研究讓世界得以重新認知埋藏地下、臺灣珍貴的歷史，也啓發了史前館考古廳的展示主軸，涵蓋自舊石器時代的長濱文化至當代原住民文化長達三萬年的歷史深度，其中更以臺灣各地所發現距今六千年至兩千三百年間的新石器時代重要史前文化內容爲主要核心。

史前館成立以來，奠基於過往考古學家的成果，也長期致力於投入當代考古學研究的發展，在卑南遺址的研究上，我們藉由持續對卑南遺址的探勘與發掘，提出卑南遺址三和文化的論述，引入地球物理探測技術，以科技掌握三千多年前所建構卑南聚落的可能範圍，館內研究

同仁也投入植物矽酸體分析，進一步瞭解當時已有相當產量的稻作能力，在公眾推廣上，更藉由３Ｄ技術與網路公共化開放卑南遺址大量史前文物的３Ｄ模型，下一階段的研究發展同時也持續規劃中。

今年適逢卑南遺址搶救發掘四十週年，史前館開幕營運也即將邁入二十年，在這彷彿成年的過程中，我們藉著博物館角色努力呈現臺灣考古的成果，訴說著點點滴滴考古學者們累積自這個土地發掘與研究的內容。這次，我們爲當代考古學普及與推廣的工作展開另一個創新的嘗試就是與蓋亞出版社合作，推出《風暴之子》新書，作家葛葉以卑南遺址考古資料作爲創作元素，試著以奇幻小說手法，轉譯臺灣考古資料，帶領讀者進入一個虛實交錯的新石器時代社會。

《風暴之子》在葛葉的筆下，似乎讓我們進到了史前人群的生活中，隨著主角瓦利、小黛、卡修、亞沃等人的互動與冒險旅程的展開，讓過去似乎僅陳列在展示櫃或學術報告與文物圖錄中的史前遺物，被眞實地拿起來使用，也依稀跟著這些器物回到了過去。

除了考古遺物使用的詮釋外，葛葉的書寫中也帶入考古學者對史前環境與社群的研究，從海境部落的生業型態呈現史前人群的生產能力、由工藝技術能力談當時人群如何製作器物與利用自然資源，也進一步由巨石部落與海境部落的關係以及玉器或玉料的取得，暗示著臺灣史前社群間可能的互動，或許這是一分證據一分論述的考古學者會保留的情節，然而卻大膽帶出一個比起學術資料更爲生動、全貌的史前世界想像，這也是轉譯故事魅力之所在。

在臺灣這塊土地上，考古學家在兩萬多年前的地層中發掘出最早人群生活的遺留，從舊石器時代、新石器時代、鐵器時代，到原住民時期與近現代，隨著時間的流動，都有著不同的故事開始與結束。藉由考古學家的努力，讓我們可以看到在沒有農業時的人群藉由採集與漁獵維生，看到新石器時代人群在豐衣足食後，在臺灣各地發展出不同的文化型態與工藝技術。固然考古學需從謹愼的學術資料來建構對史前文化的認識，我們期盼卑南遺址百年學術累積的基礎，藉著當代關於ＩＰ轉譯運用的努力，讓更多人重新看到屬於臺灣這塊土地特有的故事。

這本書是在文化部推動國家文化記憶庫總體計畫支持之下的成果，也是本館近年來考古資料詮釋與轉譯的階段性展現之一，我們期待生冷的考古學可以更普及地與社會連結，這個博物館的考古資料、研究成果爲貢獻給這個社會而努力。

導讀

史前館助理研究員　葉長庚

二〇〇三年暑假，筆者在師長的安排下，有幸前往卑南遺址進行實習，當時雀躍與緊張的心情猶然在心。對於當時剛接觸考古不久的筆者而言，因爲瞭解一九八〇年代卑南遺址搶救發掘出土豐富的史前遺留與考古資料，所以能到卑南遺址實習考古發掘工作是非常難得的機會，因此抱著戰戰兢兢的心態面對複雜考古工作的挑戰。

當年在卑南遺址考古現場兩個月的實習過程，奠定筆者考古田野的基本作業能力，卑南遺址出土豐富的石器類型與史前人運用各類石材的特性，在工作過程中彷佛一位有著充足教具的老師指導著對石器的判斷與石材的認識；而卑南遺址地層堆積的複雜性與史前建築遺構都再三地磨練發掘者的細心與能力，後來，再回到考古現場，最常指著當年發掘的位置述說著兩個月才下挖二十公分的成果（唉，這通常是其他考古遺址一天發掘的深度）。

鳥居龍藏先生在一八九六年即記錄了卑南遺址石柱的影像，當時月形石柱旁還佇立著另一件較完整的石柱，在歷經鹿野忠雄等多位日本學者的調查，一九四五年由金關丈夫與國分直一先生在王宅後方最大的石柱旁進行考古發掘，認爲石柱可能是史前房屋建築的一部分。一九八

○年代由臺大考古隊共計進行十三梯次的搶救發掘，連照美名譽教授在其整個學術生涯針對卑南遺址的文化層內涵、史前聚落型態、玉器研究、技齒習俗、人身裝飾及許多墓葬相關議題，提出相當豐富與完整的論述，使得卑南遺址可視爲臺灣單一考古遺址中研究議題面向最豐富的一處。

今年是卑南遺址搶救發掘後的第四十年，期望長期以來許多前輩學者對卑南遺址的付出與貢獻可以被更多人瞭解，因此史前館邀請了葛葉來爲卑南遺址創作轉譯故事。葛葉在創作初期便在網路上蒐集大量相關考古資料，並前來臺東進行卑南遺址與史前館的深度參訪，爲了較完整地架構出小說中的世界觀，更前往東部其他考古遺址進行探勘，也掌握臺灣史前文化自舊石器時代至新石器時代晚期的人群文化樣態。

在《風暴之子》中，葛葉以臺灣國寶「人獸形玉玦」作爲故事發想的起點，並以史前人群尚玉的文化作爲發想，代入奇幻小說的元素，呈現在三千年前臺灣東部史前人群生活的樣貌與族群間的互動與競合關係，編織出不同於考古學術報告的平面資料，而是栩栩如生史前部落、人群互動與自然環境。雖然是奇幻主題的小說，但作者在書中描述了許多考古出土遺物的使用，從弓箭、石矛等武器或獵具，到生活用的陶器、石錛、紡輪等工具，無一不仔細考證諮詢，力求完整表現出考古研究對這些器物的解讀；在新石器時代的時空背景中，也採借考古學對不同史前文化群體的認定概念，並藉由考古研究臺灣史前玉器原料皆產自花蓮豐田玉礦的論述，帶出了書中主角群的冒險旅程。整個故事中，非常巧妙地結合史前人群的文化行為、自然環境的影響與土地資源的掌握，猶如一份考古學中強調天、地、人關係的地景理論研究成果。

連照美老師曾以「考古的興趣必須從基礎做起」勉勵筆者，考古學是一門實證科學，考古學者從取得材料的方法階段就會嚴謹地規劃，再針對資料內容以學科理論進行驗證，有幾分資料說幾分話，相對地在瞭解史前文化的過程需要較長的時間。然而，如同還未踏進考古探坑前的筆者，對大多數人來說臺灣考古是非常陌生甚而無知，很開心這次作者葛葉與出版社願意與史前館共同挑戰轉譯考古學，嘗試以新的管道讓更多人認識與我們同樣生活在臺灣這塊土地上的史前故事。考古學總是需要一點想像的支援，在閱讀完小說家對卑南遺址的描繪後，有時會覺得說不定有些想像比起學術研究更接近眞實的答案。

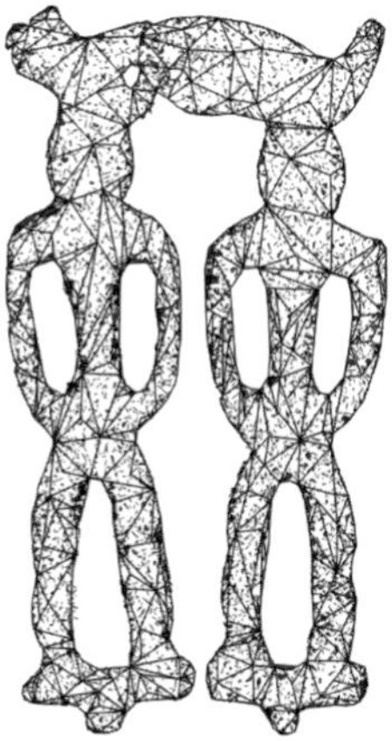

風暴之子

目錄

楔子

烈日當空，陽光似乎正在吞噬一切，藍天、雲朵、大海，以及正隨著波浪搖曳的獨木舟。還有獨木舟裡的小男孩，他的生命力正被一點一滴地蒸發。

男孩躺倒著，形容枯槁，雖然被日光直射，但他已經流不出汗，也不覺得熱了，取而代之的是麻木，就連額頭上那個潰爛的傷口也感覺不到一絲疼痛。

即使如此，男孩的手裡依然緊握著划槳。

唯一的問題是，四面皆是汪洋，他不知道該往哪裡划。

他拚了命才逃了出來，想不到最終仍是死路一條。

男孩閉上了眼，沉沉睡去，他並不是屈服於死亡，而是被漂流多日累積的疲憊所壓倒了。

不知過了多久，一個聲音在男孩耳邊響起。

「想活下去嗎？」

「……」

男孩睜開眼睛，只見四周不知何時已是一片昏暗，藍天被厚重的雲層覆蓋，只有部分雲隙中微微透露出些許光芒，顯示著還未日落。

「……幻覺？」

「不是幻覺。」

突如其來的聲音讓男孩挺起了身軀，他一坐起身來，就看見那個和他說話的「生物」。

一頭擁有斑斕瑰麗毛皮的野獸，正趴在他的腳邊。

男孩的聲音微微發顫，他想起父親曾說過的故事，海上的惡魔會化身為動物來蠱惑漁民，將漁民拖入深淵。

「你……你……你會說話？」

但是，他從來沒聽過惡魔會化身為眼前這種野獸，這種野獸在男孩的家鄉通常住在樹林裡，喜歡把孤身進入樹林的小孩吃掉。

野獸沒有回答男孩的疑問，牠舔了舔爪，然後轉過頭面向大海，反問道：「看見了嗎？」

男孩抬頭望去，只見野獸面對的方向，有一團巨大而厚重的雲層正在緩緩進逼。

——風暴——

男孩慌張地抓起船槳，往水裡不停划動，試著將獨木舟掉頭。

野獸並未干涉少年的行為，仍然一派慵懶的模樣。

「現在，你有兩個選擇——一個是試著逃走，然後飢餓衰弱至死。」

聽見野獸所言，男孩訝異地停下動作。

「另一個選擇，就是繼續往原本方向前進，雖然會遇上風暴，但風暴會帶你找到陸地。」

「這裡有陸地？」

男孩站起身來，向四周眺望。

天空烏雲密布，視線非常差，但男孩依舊不死心，最後，他終於在水平線上，看見了一小塊像是陸地的陰影。

歡呼聲響起，男孩再次拿起船槳，把已經掉頭一半的獨木舟轉向往陸地的方向。

「看來你已經下了決定，很好，把你的手掌攤開。」

野獸站起身來，用頭磨蹭著男孩的手，要他把手掌張開，男孩雖然害怕，但又覺得野獸似乎沒有傷害自己的意圖，於是張開了手掌。

一個東西落入掌中，男孩訝異地看著手裡的物品。接著野獸湊近男孩耳邊，低語了幾句話。

那是從來不曾聽過的語言。

正當男孩想要問那代表什麼意思時，一轉頭，野獸已經不見蹤影。

廣闊的大海上，僅有男孩孤伶伶地划著獨木舟，往未知的陸地前進。

序章・海境部落

1

風暴肆虐著海境部落，每一棟屋舍、每一根梁柱、每一扇窗戶、門、屋簷，都響起了巨大的悲鳴，咆哮的風如同鬼魅，它尖叫、嘶吼，將利爪插入牆壁的每一道縫隙中。

老獵人亞沃坐在火堆前，將手中捏著的細竹反覆燒烤，直到整枝竹桿熱度均勻後，才把歪曲的部分拉直，緊接著用泡在陶盆裡的濕布擦拭，利用快速降溫的方式來定形。

「想知道一個獵人是一流或是三流，只要看他用的箭桿是否筆直就能決定了。」

亞沃曾經聽父親說過這一句話，他也一直拿這句話來訓誡自己，在海境部落，他是最優秀的獵人與勇士，更是獵季的領袖。

放下最後一枝矯正完的竹桿，亞沃長吁了一口氣，將背脊倚靠在身後的石柱上，石柱是海境部落裡屋舍的根基，任憑屋外風暴如何凶猛，深深紮根在地下的石柱依然屹立不搖。

這棟家屋是亞沃新婚時建的，部落要蓋新房子，每個居民都會出力，負責開採石柱的人是亞沃的鄰居，他爲了感謝亞沃父子長年分獵物給他，特別採了兩塊最巨大的石柱，這也讓亞沃的家屋比部落裡的其他屋舍大上一截，唯一能與之相比的只有海境部落的首領——枷道的家屋方能相提並論。

可能太大了一點，亞沃心中想著，妻子過世後，他沒有再娶，女兒也出嫁了，偌大的家屋只剩下自己一個人住，更顯得寂寞。

將竹桿收拾完畢，亞沃拎起一只陶罐，往罐內注了水，然後放上火堆。

「小黛，忙完了就過來喝杯茶吧。」亞沃喊道。

他的視線望向正在窗台旁忙碌的嬌小身影上，那是一名年僅十歲的女孩，正用她纖細的手，賣力地將苧麻繩纏繞在箭尾上，從她專注的神情看來，亞沃的呼喊似乎完全沒有進入她的耳中。

連續三次呼喚後，亞沃嘆了一口氣，站起身，繞過堆放在地上的竹枝，步至窗台前，正當他的手掌即將碰觸到女孩的腦袋時，卻突然停了下來。

女孩正在替纏好的箭尾上膠，膠水是用多種樹汁調合成的，苧麻繩塗上膠水後用火烤一下便會硬化不易鬆脫。

大功告成，亞沃從女孩手中接過製作完成的箭桿，竹桿前端連接著打磨至光亮銳利的石鏃，尾端貼著整齊的箭羽，用來纏繞固定的苧麻細繩緊密排列，看不到一絲雜亂。

……這孩子的手眞巧……只可惜是個女孩……看著女孩得意而純眞的笑靨，亞沃不由得在心中感嘆。

小黛——全名爲黛拉絲的這名少女，是海境部落頭目——枷道之女，同時也是亞沃的學生——大概是亞沃教過最有資質的學生。

依照傳統，狩獵的技巧是父傳子，但亞沃膝下無子，一身本領沒人繼承也挺可惜，便接受了居民的請託，教導孩子們。

大多數的學生都是男孩，但偶爾也會有小黛這樣活潑好動的女孩，亞沃收學生是來者不拒，只是不管再怎麼有才能的女孩，都會在十二歲之前回到家中重拾針線與炊事，爲即將到來的婚姻做準備，曾經精心保養的竹弓也只能懸掛在牆角等待腐爛。

但並非每一項亞沃所傳授的技藝都被遺忘了，最起碼戰鬥的技巧仍被這些女孩保留住，尤其是那些經常和丈夫吵架的女孩，格鬥能力可能更勝結婚前。

亞沃放下箭桿，回到火堆旁，從布囊裡抓了一小把曬乾的月橘花瓣放進滾水中，花瓣入水，香氣立即隨著蒸氣擴散開來。

小黛往火堆裡丟了兩顆芋頭，用手中的木棍不斷撥弄著，亞沃用杓子舀了茶湯，斟滿兩只竹杯，然後遞了一杯給小黛。

「妳應該回家才對。」亞沃說道。他生性不多話，但這句話他今天已經說了超過二十遍。

小黛聳了聳肩，連頭都沒抬起來，「外面風好大，我會害怕。」

妳哪裡有一點害怕的樣子？亞沃在心中咂舌，就算找遍世界，恐怕也找不到什麼能讓這女孩害怕的事物。

「沒關係，我送妳回去。枷道會擔心的。」

「哎呀，婆婆不是常說祖靈會在風暴來襲時保護每一個乖乖待在屋裡的人嗎？而且我又不是第一次在這裡過夜，爸爸才不會擔心呢，他還曾說過亞沃爺爺的家屋是全海境最堅固的，就算十頭山豬一起撞都撞不壞，就算眞的被撞壞了……」

「……被撞壞了怎麼樣？」亞沃問道。

小黛抬起頭來，睜著大大的眼睛，以敬畏的表情說道：「眞的被撞壞了，亞沃爺爺也會把山豬打倒，然後拆了牠們的骨頭把家屋修好。」

「……胡扯。」

亞沃忍俊不禁，笑出聲來，小黛也嘻嘻一笑，低頭啜飲杯中的茶湯。

她又贏了一次。

其實亞沃也不是眞心想趕小黛回家，甚至可以說多虧了小黛，他才能撐過這難熬的一年。

去年的這個時候，亞沃的女婿和孫子跌進河中，被突然暴漲的河水沖走。

女婿的屍體很快地在海岸邊發現，但孫子瓦利一直都沒有回來。

痛失摯愛的女兒帕娜因爲悲傷而變得瘋瘋癲癲，她拒絕接受瓦利已死的事實，成天把自己關在家中喃喃自語，拒絕和任何人接觸，本來清秀可人的外表也被摧殘得不成人形。

亞沃呆呆地望著小黛胸口戴著的玉管項鍊，玉管是中空的，中間穿過細繩，繞於頸上。海境族人喜愛佩戴玉飾，小黛戴的玉管長度不及一般長度的一半，只比她的小指長了一點。

這根玉管本來屬於亞沃。

小黛和瓦利同一天出生，在他們出生那天，亞沃身上戴的玉管突然斷裂，正好斷在正中央的黑色斑點上，將其一分爲二，斷裂處非常工整，幾乎像是磨製過的一樣，亞沃便將兩根玉管贈與他們，作爲生日禮物。

不知道是不是這個原因，小黛和瓦利感情非常好，從小就喜歡一起往亞沃的屋子跑。

而現在，小黛胸口的玉管依然翠綠，但瓦利的玉管卻伴隨著他的屍骨永遠消失。

這一年來，亞沃覺得自己似乎已經快要忘掉那個曾躺在自己懷中午睡的孩子的容貌。

但也許忘了才是好的。

亞沃將茶湯一口飲盡，滾燙的液體刺激著他的喉嚨，痛得他連眼淚都流了出來。

海境男人以流淚爲恥，亞沃快速地將淚珠抹去，還好小黛仍在低頭對著竹杯吹氣，似乎沒有發覺。

不知過了多久，烤芋的香氣終於從火堆裡飄出，小黛放下竹杯，用木棍把燒得焦黑的芋頭撥開，然後拿竹籤戳了幾下，確認是否熟透。

稍微在地上放涼後，小黛將烤芋外皮剝去，遞了一個給亞沃，然後自己也剝了一個，一口咬下後，卻噘起了嘴巴。

「……還是卡修烤的比較好吃，我烤得太乾了……」

卡修是亞沃已故妻子的外甥，年紀比小黛大一歲，同樣也跟著亞沃學習狩獵。

亞沃咬了一口，確實乾澀了些。他摸摸小黛的頭，然後站起身來，走到家屋另一側的牆角，從地上拎起一個陶瓶，拔去瓶口的栓子，將瓶內的金黃色液體倒入盤子裡。

小黛抬起頭，看見亞沃手裡端著的盤子，雙眼都亮了起來。

「蜂蜜！」

亞沃露出微笑。

不管多乾多澀的芋頭，沾上蜂蜜後都會變成最美味的點心。

「我上次想去摘蜂巢，結果找了好久都找不到。」小黛吃完了芋頭，用手指刮著盤子上剩下的蜂蜜，一邊舔拭著指尖一邊說道。

「摘蜂巢？就妳一個人？」亞沃皺起眉頭。

「對啊，因爲卡修一直不肯公布他烤芋頭的祕訣，所以我要拿蜂蜜跟他交換。」

「卡修說要用蜂蜜交換？」

「沒有，是我自己想的，因爲畢竟是蜂蜜嘛，我覺得他一定會答應。」

「這倒是，不過摘蜂巢太危險了，下次不可以再去，知道嗎？」

「欸——」小黛驚叫出聲，一臉不滿的模樣，但看到亞沃嚴肅地瞪著自己，最終還是點了點頭。

「很好，以後想吃蜂蜜就來我這，等妳年紀夠大我再教妳取蜂蜜的方法，至於拿蜂蜜跟卡修交換這件事，我可以先給妳——」

話還沒說完，小黛便立即搖頭說道：「不，我不要拿你的，交換的東西我要靠自己的力量去拿到。」

「……那……妳可以問問卡修，除了蜂蜜之外，他有沒有什麼想要的東西？像是弓弦、竹笛……」

「我問啦，但他都不要。不過他提了一個很怪的條件，如果我答應了他就免費教我。」

「什麼條件？」

「他說他可以教我烤芋頭的祕訣，但是以後我必須每天烤芋頭給他吃。」

「咳咳咳——」

亞沃一口茶湯差點噴了出來，他望向眼前這個剛滿十歲的小女孩，彷彿第一次注意到女孩的外貌。

她雙目比高山上冷冽的泉水還要清澈，細緻的臉蛋有如蓓蕾初開的花瓣，雖然現在稚氣未脫，缺乏成熟女人的韻味，但再過幾年那些男孩們恐怕就要爲了爭風吃醋而大打出手了。

「那妳怎麼回答？」

「當然不要啊！」

「爲什麼？」

「又不是天天都有芋頭可以採收，哪有辦法每天吃，卡修太沒常識了！」

看著小黛一臉認眞的表情，亞沃大笑了起來。

看來就算教小黛怎麼取蜂蜜也沒有意義，因爲卡修那孩子要的可不是蜂蜜這麼簡單的東西。

兩人喝完茶，風雨聲似乎稍稍停歇下來，亞沃從窗戶縫隙朝屋外看去，天色明亮了許多，但這只是假象，按照往年的經驗判斷，狂風暴雨很快就會再度降臨，繼續肆虐至明日清晨。

正當亞沃想往火堆中增添柴火、繼續工作時，一連串急促的敲門聲忽然響起。

「叔叔……小黛……是我！快開門！」

亞沃和小黛同時昂起了頭。

「是爸爸！」小黛叫道。她望向亞沃，亞沃點點頭，小黛這才將捆在門上的繩結鬆開。

一個壯碩男人推門而入，他全身濕透，雨水從他肩上披掛的鹿皮外罩下襬不斷滴落，顯然是在風雨變小之前就出門了。

他的耳上掛著翠綠的長方形玉耳飾，和亞沃耳上的耳飾相似，卻大了許多，頸部甚至還戴著數根長玉管做成的項鍊，象徵了他的地位。

「枷道，發生什麼事了？」亞沃叫喚著海境頭目的名字，這是兩人之間足夠親密的表現。冒著這麼大的風雨過來，還一副狼狽的模樣，絕對不會只是爲了接小黛回家，肯定是有更重要的事，難不成是誰家的屋舍被吹垮了嗎？

枷道背倚著門，不停地喘著氣。

「帕娜……」

突然聽見女兒的名字，亞沃的心跳漏了一拍。

「……她不見了，本來法甌陪著她，但她趁著法甌午睡時從窗戶偷溜出去。」

怎麼可能？

亞沃的臉色慘白，過了好一會，才開口問道：「有看到她往哪裡去了嗎？」

枷道搖搖頭。

「對不起，叔叔，但我已經叫狩獵團集合，有他們幫忙找，應該很快就……」

「不行！叫他們解散，全部待在屋裡不要出來，風暴還沒過去。」

亞沃拾起掛在火堆旁的一條長巾，將其繫在頭上，然後轉過身，抽出門旁的一根石矛。

「叔叔，讓我幫忙吧。」枷道一臉擔憂。

「你是海境領袖，應該要守護部族的安全，而不是在風暴來襲時找一個到處亂跑的瘋女人。」亞沃沉聲說道。「帶小黛回家，替我煮一鍋熱水，準備藥草和食物，如果能幫我做到這些，我會非常感激。」

　　枷道本來還想說些什麼，但感覺到手腕被輕輕拉扯了幾下，低頭一看，是小黛，她向枷道搖搖頭。枷道愣了一下，隨即意會過來，他抬起頭，向亞沃說道：「我知道了，我等著你們回來。」

2

雨水令視線模糊不清，亞沃一邊奔跑著，一邊用手抹去臉上的水。

其實他不知道帕娜究竟爲什麼要跑出去，也不知道她去了哪裡。

但亞沃是個獵人，獵人擅於追蹤。

他先到帕娜的家屋旁，找到了她從窗戶離開的足跡，然後循著足跡離開部落，一路往東方前進。

那條路通往海岸。

被雨水濡濕的石矛感覺越來越沉重，亞沃喘著氣，他早已沒有年輕時的體力，驅使他繼續往前跑的只是因爲責任心。

還有罪惡感。

草地上除了幾乎快被雨水沖刷掉的足跡外，還有大約每隔幾十步就會出現的凌亂痕跡。

那是帕娜在奔跑時，因爲草地濕滑而跌倒，又掙扎著爬起來所造成的。

可見帕娜也是拚了命在奔跑。

到底是爲什麼呢？

亞沃想不出，那個被悲哀絕望籠罩，有如孤魂的帕娜爲什麼會突然這麼做？

但他很幸運，在下一次起風前，終於來到海岸邊的小土丘。

雖然名爲海境部落，但海境人對於大海都有一種近乎虔誠的畏懼，就連勇敢的亞沃也不會隨意靠近海岸。

帕娜的足跡一路從土丘往海岸延伸，但亞沃沒有繼續往前跑，反而挺起身子，將手掌舉至眉心，稍微遮擋了雨水，凝神往前方看去。

找到了！

亞沃躍下土丘，濕滑的雜草差點讓他摔倒，但他以手中石矛撐地，穩住了自己的重心，然後又繼續往前飛奔。

風在耳邊怒吼，亞沃跑得比剛才更快，幾乎拚盡了他的老命，現在他已經不必再去觀察地面的足跡，只要專注地鎖定那個在土丘上找到的黑點。

隨著距離越來越近，黑點的樣貌也隨之清晰了起來。

一個披頭散髮的女人，正不顧一切地往海浪衝去。

「帕娜——」

亞沃放聲大喊，但帕娜完全沒有停下腳步。

亞沃扔下石矛，深吸一口氣，全力向前衝刺，彷彿一頭憤怒的野豬。

距離大浪僅剩十步的距離，亞沃終於追上了她。亞沃縱身一躍，環抱住帕娜的腰，兩人一齊跌倒。

亞沃掙扎著站起身來，兩手毫不放鬆，硬是將帕娜往回拖。

拖行了數十步後，亞沃這才放開手。

「妳在做什麼蠢事！妳想死嗎？」

亞沃怒不可遏，氣得想要直接搧她一個耳光，但才剛舉起手，看見帕娜的面容，他的動作就僵住了。

帕娜當然想死，無論是身為一個妻子，還是身為一個母親。亞沃知道自己問了一個蠢問題，這一年來，亞沃每晚都會作惡夢，夢見自己抱著帕娜冰冷的屍體，但帕娜雖然悲傷，卻一直沒有採取瘋狂的行動。

直到今天。

帕娜睜著大大的眼睛，眉間因為長時間的憂傷而印下了深深的痕跡，嘴唇顫抖著，似乎在不斷碎唸著：「……他回來了……他回來了……」

「誰回來了？」

「爸爸……他回來了啊……我得要去救他！」

說著說著，帕娜又轉過身想往海岸跑去，但這次立即被亞沃給拉住。

「放開我！爸爸，他回來了！」

帕娜大聲尖叫，雙手亂甩，但還是被亞沃緊緊地抓住。

掙扎了一會，帕娜發現掙脫不了，便不再繼續尖叫，轉而向亞沃哀求，「爸爸……拜託你……我一定要救那孩子……他就在那裡，你沒看到嗎？」

帕娜舉起手，指向海岸。亞沃順著指引看去，只見到洶湧的大浪正一波波地撞擊著岩礁，激起更高的浪花。

但下一瞬間，他就看見帕娜所說的「那孩子」。

一艘獨木舟，卡在兩座礁石間。

一個小小的身軀，緊抱著獨木舟不放。

「怎麼可能？」

亞沃倒抽了一口氣，他看向帕娜，帕娜還在不斷地苦苦哀求，她的手肘和雙腿全都是擦傷，鮮血不斷從傷口流出，然後被雨水沖去。

亞沃沒花很多時間就下了決定。

他伸手撫摸帕娜的臉，說道：「妳在這裡等著，我去把他帶回來。」

這句話果然奏效，帕娜停止了哀求，兩眼散發出喜悅的光芒——這一年來的第一次。

「真的嗎？」帕娜問道。

亞沃點了點頭，雖然他根本沒把握自己是否能夠做到。

要求帕娜往後退到比較令人放心的位置後，亞沃回到海岸。

這裡的海岸遍布著岩礁，如果不小心跌進水裡，很可能會被捲進亂流或漩渦中，一旦撞到頭部就完蛋了，亞沃非常清楚大海有多麼危險。

最後亞沃決定在幾個比較大的岩礁間跳躍，迂迴地往獨木舟的位置前進。岩礁的表面粗糙銳利，能夠落腳的地方不多，幾次跳躍後，亞沃的腳掌已經被割得鮮血淋漓。

獨木舟仍卡在礁石間，任憑大浪拍打著。

亞沃一躍而下，跳到獨木舟旁的礁石，此處位置較低，起伏不定的海面近在咫尺。

亞沃趴倒在地，兩手一探，便將小孩從獨木舟上撈了起來。

是個男孩，亞沃喘了口氣，將手掌貼在男孩的胸膛，男孩肌膚冰冷，有如山中的溪石，但仍然能感受到震動，確認他仍然活著，只是昏了過去。

昏過去也是理所當然，他瘦得只剩皮包骨了，就算沒有因爲疲勞或受傷而昏倒，也應該餓昏了。

這個男孩不是瓦利，雖然年紀可能差不多，但外表和體型沒有一點和瓦利相似的部分。

亞沃看向岸邊。

現在更重要的問題是——該怎麼回去？

僅僅二十餘步的距離，如果海面平靜的話，很輕鬆就能游過去，但在風暴侵襲的日子，進入水中就是將命送掉。

但是，再繼續拖下去，風暴只會越來越猛烈。

今早的狂風暴雨只是風暴的「頭」，現在這個階段，他們正處於風暴的「心」，「心」是唯一安全的時段，但也極爲短暫，「心」的部分過去後就會迎來風暴的「尾」，那是整個風暴最爲凶惡的時刻，如果沒有躲在遮蔽物內，任何生物都會被摧毀。

亞沃扛起男孩，抬頭望著佇立在岸邊的帕娜。

然後他深吸了一口氣，跳進水中。

世界瞬間被海水填滿。

情況比亞沃想的更糟，他用盡了全部的力氣去踢動雙腿，但還是一直下沉，一陣水流從左側通過，將他們兩人推向右邊，正好和亞沃期望的方向相反。

亞沃努力地游著，好不容易才將頭探出水面，但剛換了一口氣，一道大浪打來，再次將他們淹沒。

猛然一陣劇痛，亞沃感覺額頭被猛烈地撞了一下，痛得他眼冒金星，氣泡紛紛從他口中冒出。

完蛋了嗎？

亞沃緊緊抱住男孩，雙腿持續踢動，但肺部缺乏空氣之下，力氣耗盡的速度非常快。

就在這時，亞沃忽然聽見了整齊劃一的吼叫聲，兩短一長，規律而有力。

——那是海境部落的戰吼。

白茫茫的水面下，一支竹箭竄入水中，從亞沃的頭頂上方經過。

在竹箭的尾端，繫著苧麻繩。

亞沃伸出一隻手，奮力地抓住麻繩，將繩索纏繞在手臂上後，用力扯動。

戰吼再次響起，伴隨著吼聲，一道巨大的力量把亞沃和男孩從波濤洶湧的海水中拉出，並將他們兩人拖上岸。

終於得救了，亞沃鬆開抱住男孩的手，跪在地上，海水從口中不停嘔出。

好不容易止住了嘔吐，亞沃氣喘吁吁，只覺得筋疲力竭。

但他還不能休息……那個男孩肯定也喝了不少水，必須馬上處理……

亞沃抬起頭來，發覺自己正被人群團團包圍。

是獵季時的狩獵團成員，亞沃環顧四周，其中超過一半都是曾被自己教過的學生。

他們臉上帶著擔憂，不停比手畫腳，交頭接耳。

然後，站在他們中間的，是一名嬌小的少女，她身上揹著竹弓，一臉不悅。

「……小黛……剛才的箭是妳射的？」

「啪！」

回應亞沃的，不是言語，而是小黛的一巴掌，以及因爲小黛突如其來舉動而引起的驚呼。

「爺爺是笨蛋！怎麼可以跳到水裡呢！爲什麼不等我們過來？」小黛大叫，她眼眶含著淚，小小的臉蛋此時因爲憤怒而漲紅著。

「對不起……我以爲你們會聽我的話，留在家裡……」

「我們一定會來啊！就算騙你，答應你會待在家裡，也一定會來幫忙啊，怎麼可能放著你們不管！爺爺是大笨蛋！蠢豬！鹿屁股！」

小黛越罵越生氣，接著大哭了起來。亞沃伸手摟住她，還在想著該怎麼道歉時，卻感覺到一隻大手搭上了自己的肩膀。

是枷道，他注視著天空，臉上略顯憂慮。

「叔叔，風雨又開始增強，我們該回去了，你還能走嗎？」

亞沃點點頭，轉頭尋找那個他拚了命才救上來的男孩。

「那孩子沒事，我們讓他吐掉海水後，派人抱著他回部落，帕娜也跟著一起走了。」

「帕娜她……看見那孩子的臉了？」

「看見了，但不曉得怎麼回事，她一直對著那孩子喊瓦利的名字。」

聽見枷道的話，亞沃一臉錯愕。

什麼意思？

亞沃正想開口詢問，但此時天空忽現閃光，緊接而來的雷響幾乎要震破每個人的耳膜。

「先回去吧。」

看見勇敢的狩獵團員們臉上竟然顯露出一絲害怕，亞沃突然發覺，自己正陷所有人於危險之中。

他邁開步伐，在枷道的攙扶下，牽著小黛的手，往海境部落的方向走去。

3

海境頭目枷道的家屋，位於海境部落的中心，門口正對著廣大的地。寬敞的屋內，數人圍繞著火堆席地而坐，火堆上擺著陶鍋，燒著熱水，兩個女人不停地將燒好的熱水舀入另一個陶鍋內。

亞沃躺臥在稻草蓆上，枷道之妻——法甌正用骨針替他縫合額頭的傷口。法甌是祭司學徒，療傷是祭司學徒的主要修業之一。

與其說是撞傷，倒不如說是割傷，法甌向亞沃說道。這道傷口從額頭的上緣裂開，穿過眉心，直達顴骨，大概是撞上岩礁時，被銳利的石屑或依附在岩礁上的藤壺給割傷了。

帕娜坐在亞沃身旁，她原本沾滿泥濘和血跡的身體已經用熱水沖洗擦拭過了，也換了一件乾淨的衣服，雖然一直不安地東張西望，但情緒平穩了許多。這有很大一部分要歸功於小黛，她一直陪著帕娜說話。小黛似乎天生具備某種魔法，能讓待在她身邊的人感到放心。

小黛手中拿著一個陶碗，裡面裝著海金沙草的葉子，搗爛後敷在帕娜的傷口處，能夠止血消炎，避免傷口潰爛。

獲救的男孩躺在家屋的角落，一旁點燃著火堆，身上覆蓋著剛用火烘烤過的鹿皮，一名白髮蒼蒼的老婦人坐在他身邊，手裡捏著一塊布巾，將布巾在盛裝著小米酒的竹杯內浸泡後，再把布巾置於男孩的嘴唇上，輕輕擠壓。

男孩無意識地吸吮著，他仍未清醒，利用這樣的方法至少可以讓他攝取些許水分和營養。等到竹杯中的小米酒見底，男孩的臉色也隨之紅潤了起來。

老婦人露出微笑，將布巾塞入杯中，放在地上，伸手觸摸男孩的額頭。

一道人影出現，老婦人抬起頭來。

只見亞沃站在火堆前，他深鎖的眉頭因爲剛縫合完的傷口，顯得有點嚇人。

「芭黛，這孩子能活下來嗎？」

亞沃直呼老婦人的名字，雖然年紀相差十歲，但他和老婦人是平輩。

芭黛——海境部落祭司，亞沃已逝兄長的妻子，同時也是法颿的母親，小黛的祖母。

祭司是海境部落最重要的領袖，地位甚至在頭目之上，這一點從芭黛極爲璀璨精緻的頭飾便可以看出，在她的頭飾外圈，串有無數的小玉鈴，後方則立有數根極長的尾羽，而她的耳朵上，則佩掛著一對樣式極爲特殊的玉玦，玉玦的下方是兩個人形，上方則是一隻雲豹，前後腳分別與兩個人形的頭頂合而爲一。

雲豹是海境部落的守護神，佩掛此人獸形玉玦的人，就是海境部落的守護者。

「你很關心他？」

對於芭黛的疑問，亞沃只是冷冷地哼了一聲。「沒這回事，如果他死了也就算了，但如果活下來，就得想想該怎麼處置他。」

芭黛掀開蓋在男孩身上的鹿皮，然後捉住亞沃的手，將其輕輕貼著男孩的胸膛。「你可以自己確認看看。」

連續的震動傳來，伴隨著胸膛規律的起伏，顯示著這名男孩生命的頑強。

亞沃把手抽開，瞪了芭黛一眼，芭黛別過頭去。亞沃感覺自己總是輕易被她看穿，像是小時候與其他孩子們打架，亞沃從來沒輸過，也不曾喊疼，但芭黛卻能立即找到受傷的部位，並幫亞沃治療。

正當亞沃想將鹿皮蓋回男孩身上時，他突然發現男孩的左手緊緊握成拳頭。亞沃扳了扳男孩的手指，男孩握得非常緊，手指一動也不動。

「他的手怎麼了？好像握著什麼東西。」

「沒什麼，只是驚嚇過度而已……欸，你別硬扳，太用力可能會把他的手指折斷喔。」

聽見芭黛這麼說，亞沃只能點點頭，放開了男孩的手。

看來只能等他醒來了。

正當亞沃打算轉身離開時，一聲細微的悶哼聲響起，亞沃低下頭，只見男孩眼皮睜開了一半。

「芭黛！他醒了。」亞沃喊道，但立即就後悔了，因爲音量比他預期的還要大聲許多。

芭黛聽見叫喚，回過頭來，正要開口說話，一道身影衝上前來。

「瓦利！我的孩子……」帕娜跪在草蓆前，緊緊抓著男孩的手腕。

這小鬼才不是瓦利——亞沃壓抑住破口大罵的衝動，拍了拍帕娜的肩膀，「挪個位置，讓芭黛替他檢查看看。」說著正要將帕娜拉起，但芭黛卻按住了亞沃的手，然後笑著繞到草蓆的另一側。

「沒關係，不會礙事的。」

芭黛拿起一個小小的陶瓶，用竹片往陶瓶中沾起一點汁液，然後將竹片湊近男孩的鼻孔。三次呼吸。

本來意識仍處於渾沌狀態的男孩突然大叫了一聲，從草蓆上彈了起來，雙手摀住鼻子，退縮到牆邊，喊著沒有人聽得懂的語言。

緊接著，他開始劇烈咳嗽，咳得像是要嘔吐一般，但他什麼也沒吐出來。

「現在沒問題了，這孩子還能活很久很久。」

芭黛將竹片扔進火堆中，所有人看了她這個舉動都下意識地憋住氣，芭黛笑著把陶瓶的瓶口塞好，放回架子上。

過了好一會，大家才發現那枚竹片燃燒後並沒有產生臭味，反而增加了些許香氣，但沒有人有勇氣問芭黛那陶瓶裡裝的究竟是什麼。

亞沃直直地盯著地面，他在看的是男孩剛剛驚醒大喊大叫時，從手中扔出的東西。

那東西剛好落在他腳邊，他彎下腰把它撿起。

一根翠綠而中空的玉管，長度僅比孩童小指略長了一些。

其中一端，有一個半圓形的黑色斑點。

亞沃當然認得這根玉管，因爲那是他年少時前往遙遠的深谷部落，深谷部落頭目送給他的玉石，再由他自己加工完成的。

他記得這根玉管的每一處色澤與紋路，還有斷裂後打磨的痕跡。

亞沃拿著玉管，一臉不可置信地望著男孩。

「孩子，你究竟是什麼人？」

聽見亞沃的問話，男孩臉上浮現迷惘。亞沃正想透過比手畫腳來和他溝通時，男孩卻突然開口。

他說話吞吞吐吐的，發音也很奇怪，完全不像剛剛喊叫時那麼流暢。

可是他這次說的，毫無疑問是海境部落的語言。

「……窩……窩是……瓦利……」

第一章・黛拉絲

1

頭目之女的一天，是從弟妹們的啼哭聲中開始。

小黛揉了揉惺忪的雙眼，然後在茅草編成的臥鋪上翻了一個身。

一隻可愛的腳掌迎面襲來——

小黛沒有閃躲，對她來說這隻腳掌並不是太大的威脅，當然，偶爾被踢中還是會痛就是。

她在腳掌碰觸到臉頰前輕輕抓住了攻擊者的腳踝，然後伸出另一隻手將其一把抱起。

有點沉，這是孩子健康的證明，小黛把臉湊近，用鼻尖在妹妹烏娜可的圓臉蛋上磨蹭了幾下，烏娜可笑出聲來，聲音聽起來像是吃撐了的翠鳥。

小黛把烏娜可抱至最小的弟弟伊布身旁，伊布正緊抓著法甌的乳房不放，紅通通的臉龐還看得見淚痕。

臥鋪的角落依然酣聲雷動，那是父親枷道，海境部落的頭目，他這幾天都被部落的長老們纏著，總是晚歸。

曾經，小黛是家中唯一的孩子，儘管父母的感情融洽，但不知道爲何，法甌生下小黛後就再也沒有懷孕，一直到兩年前才又接連生下了烏娜可和伊布。

多了妹妹和弟弟，最大的改變就是自由玩樂的時間減少了，海境部落的女孩都必須學習耕作和編織，現在還得肩負照顧弟妹的責任。

不過這對小黛來說只是小事，她向來都不是需要大人操心的孩子，畢竟她靈活的身手不只展現在弓藝上，也能同時應用在農活雜務，她甚至有辦法一邊紡線一邊讓烏娜可乖乖坐在旁邊玩耍，不吵不鬧——這也使得海境所有女孩都討厭被拿來和小黛比較。

伊布喝完了奶，在月桃葉編織的小床中再次睡去，月桃葉的獨特清香似乎可以令嬰兒安穩入眠，但烏娜可已經完全醒來了，她大大的眼睛圓睜著，對於在火堆旁忙碌的小黛一臉好奇的模樣。

小黛抬起頭來，注意到妹妹的視線，與她相視而笑，接著往火堆上的陶缽中放入了小米和切碎的芋頭，兩者在滾水中不斷躍動，直到煮成糊狀。

小黛端起了木碗，正準備用陶杓舀起小米粥，這時，一隻手將陶杓接了過去。

「辛苦妳了，剩下交給我吧。」法甌臉上露出笑容。她因爲照顧伊布一夜沒睡好，衣著凌亂，汗水還潺濕了尚未整理的髮絲，看起來有些狼狽。

小黛點點頭，將手中的木碗遞出，然後接過法甌替她盛好的小米粥，深吸了一口小米與芋頭交織的香氣後，開始用餐。

法甌將烏娜可抱至身旁坐下，然後盛了一碗小米粥，用木匙舀起，靠在唇邊吹了吹，然後餵女兒喝下。

餵了兩口，法甌突然轉過頭，向小黛說道：「今天我要去婆婆的靈屋，妳想一起來嗎？」

小黛停下了咀嚼，遲疑了一會，然後回答：「……我今天要織布，不過我可以幫忙照顧烏娜可。」

法甌搖搖頭。「最近不需要妳幫忙帶妹妹，婆婆和我接下來幾天要煮草藥，烏娜可可以在婆婆的靈屋外和其他孩子一起玩。」

「噢……」

「而且妳昨天沒織完的布，我已經幫妳收尾了，就放在籃子裡。」

小黛轉頭看向竹籃，昨天刻意沒完工的麻布正整齊地和其他麻布一起堆疊在竹籃內，等待著進行染色。

看見小黛不知所措的模樣，法甌笑了起來。

「算了，等妳想來的時候再來吧，今天沒有什麼事需要妳幫忙……不過，要記得，婆婆一直在等著妳，知道嗎？」

法甌拍拍小黛的頭，小黛臉上露出心虛的笑容，低下頭，盯著自己的掌背，小黛的掌背上有一道藍黑色的紋印，紋路像是一條繩索，那是三年前芭黛替她刺上的。在海境部落，並非每個人都有資格紋身，紋身代表榮耀、力量與傳承，即使是父親枷道，也是在接任頭目的那一天才得到他第一個紋身。

用完餐，小黛把木碗拿到家屋外洗滌乾淨，然後放在竹架上晾乾，再進門時，卻遭到一雙大手攬住，接著腳掌離地，她小小的身體被枷道緊緊摟進懷中。

「差點就讓妳溜走了！」

枷道用自己寬闊的下巴磨蹭著小黛的髮絲，小黛咯咯大笑，努力地掙扎著要逃開。枷道喜歡和部落裡的孩子們玩這種遊戲，甚至還會嚇唬他們，說被他的下巴磨蹭過後，頭髮會掉光，許多不懂事的小孩自然信以爲眞，所以只要枷道一出現，都紛紛尖叫著逃開，但被逮到幾次後，就知道這只是枷道的玩笑而已。

靈巧地扭了扭幾次腰身，小黛終於從枷道的臂膀中脫離，她輕輕地在床鋪上翻了一圈，避開了父親的再次襲擊。

她抬起頭，正好和父親四目相對，與枷道魁梧剛正的外表不同，小黛繼承了法甌的纖細身材和姣美面容，父女站在一起，看起來就像是百合花與大樟樹。

儘管如此，兩人還是有唯一的相同之處，就是那對少見的淺棕色眼眸，彷彿晨曦初露般明亮。

枷道打了一個大大的呵欠，然後便一屁股在火堆邊坐下，接過法甌遞來的小米粥，開始吃了起來。

小黛走向門邊的牆壁，牆上懸掛著數把竹弓，小黛拿起位於最下方的竹弓，這把竹弓與其他竹弓相比小巧許多，是小黛配合自己的體型與力氣所製作的，她在製作時加入了許多巧思，所以即使射箭時的力量沒有大弓那麼強，但射程卻幾乎相同。

小黛天資優異，但當她第一次拿起弓箭，全海境的人才知道，這個女孩遠比他們期待的還要更加優秀。

這是獵人們的古老傳說，最偉大的獵人都擁有風神給予的特殊能力，賜福使他們百發百中，即使閉著眼睛也能射中目標。

亞沃稱其爲「風神的賜福」。

小黛不相信這個傳說，因爲這就像是否定了自己在練習上的勤奮一樣，她遵循著亞沃的教導，細心製作每一支箭，並且反覆練習，憑什麼要被人們說她只是依靠賜福的力量？

繫好箭袋，小黛離開家屋。頭目的家屋位於部落中心，外觀自然雄偉無比，數座高大石柱巍然聳立，宛如巨人般一肩扛起粗壯的屋梁。

小黛邁步前行，來到與頭目家屋相鄰的另一棟巨大屋舍，細細的白煙從窗縫鑽出，還隱約可以聽見芭黛輕哼的小曲。

這棟屋舍是部落祭司的靈屋，也是法瓲修業之處。

……黛拉絲……

一道微弱的聲音傳入了小黛腦海。

聲音雖然微弱，但無比真實，小黛非常確定自己沒有聽錯，幾年來，這道微弱的聲音一直在呼喚著她。

小黛停下腳步，望著靈屋的門，手心卻緊握竹弓，微微顫抖著，她掌背上那條繩索般的紋身彷彿一條線，將她和芭黛的靈屋緊緊連繫著。

然後，她深深吸了一口氣，隨即拔腿狂奔，宛如一隻正被狩獵的鹿。

2

亞沃仰頭望著天空，視野中是一片湛藍，連一朵雲都沒有。

正好和此刻的他相反，亞沃感覺自己內心烏雲密布，雷雨交加。

他卸下背上的木頭，將其堆放在家屋前的空地上，讓陽光將木頭曬乾，這本來是一件很快就能完成的小事，但他卻磨蹭了半天，最後甚至將整排柴薪都整理了一遍。

最後，他才心不甘情不願地站了起來，走進家屋內。

相較於屋外的陽光普照，屋內顯得昏暗，即使火堆燒得很旺，但在門窗緊閉的室內，這點光亮不足以和陽光相提並論。

帕娜和小黛坐在火堆附近，正藉著火光縫製衣物。帕娜臉上露出了久違的笑容，她的狀況最近也穩定了許多，不再成日哭泣或胡言亂語，甚至重新開始織布。

除了寒冬，一般織布都在家屋的屋簷下，光線較屋內充足得多，但帕娜情況特殊，自我封閉了這麼長的時間，她現在還不太能夠適應外人的目光。

……應該早點把她帶回家的。

亞沃在心中再次責備自己，他看著帕娜與小黛談笑，想起了亡妻仍在時的情景。帕娜的織布技術全是妻子教的，比起一天到晚在外頭奔波的亞沃，嬌小而溫柔的妻子才是支撐起全家的支柱。

家屋的角落傳來了異聲，亞沃轉頭看去，只見一名男孩從床鋪上跳了起來，他身上穿著新縫製的衣服，眼神充滿警戒，他低頭四處摸索著，似乎非常著急。

終於，他在牆邊找到了正在尋找的東西——一根短短的玉管，這些日子以來，男孩始終將它緊握在手中。

亞沃嘆了一口氣，走上前去，男孩立刻瑟縮起身子，亞沃停下動作，從腰際繫著的袋子裡拿出一塊肉乾，遞到男孩面前。

男孩沒有伸手去接，他依然緊緊握著手中的玉管，說道：「窩是瓦利。」

風暴已經過去了三十天，他還是只會講這句話。

「別害怕，我只是要給你肉乾。」亞沃柔聲說道，但男孩不為所動。

「窩是瓦利。」男孩又再一次說道，彷彿這句話是咒語一樣。

亞沃搖搖頭，扔出手中的肉乾，肉乾掉在男孩腳邊，他沒有去撿，仍然盯著亞沃看，直到亞沃轉身離去，男孩才一把抓起肉乾塞入嘴中，等到亞沃回頭，肉乾早已被他吞下肚了。

像是落入陷阱的野獸一樣，亞沃內心泛起一陣荒謬感。

經過部落的長老會議後，所有長老一致同意讓男孩留下，並將他交給亞沃和帕娜照顧。這樣的決議非常難得，畢竟在多年前與巨石部落的戰爭後，要讓海境部落接受一個來歷不明的人實在不太容易，誰也不敢說這個孩子會不會像當年巨石部落派來的那些孩子一樣，偷偷在夜晚四處放火。

大概是枷道暗中出了不少力。亞沃身爲當事人，所以沒有參加長老會議，無法得知會議內容，但從和與會者的談話中，還是推敲出了些許端倪。

雖然身分暫時得到了保障，但男孩繼續這樣下去可不行。

亞沃無數次想把男孩抓起來嚴刑拷打，逼問男孩手中的玉管究竟從何而來，他早在心中設想過多種可能，包括瓦利隨著海流漂到男孩所在的島上，一想到孫子可能遭受到的對待，他內心的憤怒就無法平息下來。

只要他想，他可以讓男孩開口說出眞相，因爲他知道許多可以讓人招認的方法，就連最勇敢的戰士都會失禁的手段。

亞沃望著男孩，心中感覺到羞愧，他並不是個會虐待孩子的人，但這些念頭卻每天都在他腦海中盤旋著。

最後，亞沃頹然地在武器架旁坐下，正當他準備開始製作箭矢時，卻發現小黛不知何時已經來到他的面前。

「我要帶他出去。」少女一臉堅定地說道。她這種眼神亞沃看過好幾次，每一次都代表著她打算要進行某件事，而且沒有任何人可以攔阻她。

「他？」雖然知道小黛在說誰，但亞沃仍然重新確認了一次。

「……瓦利。」小黛回答道。她遲疑了一下才說出瓦利的名字，顯然也還沒習慣這件事。

亞沃搖搖頭。「他不是瓦——」

亞沃的話還沒結束就被小黛打斷，她往前站了一步，說道：「他現在就是瓦利，不管是因爲什麼樣的理由，他都必須以瓦利這個名字在海境活下去。」

亞沃沉默不語，他當然理解小黛的話，但即使過了這麼多天，他聽見帕娜對那孩子喊出瓦利的名字時，心中還是無端地感到憤怒。

也許，他是害怕以前的瓦利會被遺忘。

「爺爺你也看到了，他現在就只會講一句話，除此之外就是吃和睡，再繼續下去，他會變成廢人，然後被部落趕走。」

現在，整個海境部落只是因爲對於亞沃和帕娜兩人的同情而包容他，但這個包容不是無限制的，總有一天大家還是會意識到這個男孩是個外來者。

「可是……帕娜肯讓他外出嗎？」

男孩來的這幾天，帕娜幾乎是寸步不離地守在他身旁，連男孩想要小便都不肯讓他走出門，只能尿在盆子裡。

對於亞沃的憂心，小黛只是聳聳肩。「我已經取得她的同意了。」

「妳……妳怎麼辦到的？」

「不然你以爲我爲什麼幾乎每天都跑來這裡？我跟帕娜保證我會保護好他，要帶他出門。帕娜一開始當然不答應，但這種事需要耐心，加上她本來就很信任我……而且，她現在也不再緊張兮兮了，剛剛我又問了她一次，她才勉強答應。」

聽見小黛侃侃而談，亞沃驚訝地一句話都說不出來，過了好一會，才艱難地開口：「……妳打算怎麼做？」

小黛目光堅定。

「我要讓他成爲一個不會愧對瓦利這個名字的海境人。」

亞沃注視著小黛，她的話語重重地在亞沃心中敲了一記，已經過了一年了，自己究竟還要舔舐傷口到何時，一直裹足不前的代價就是帕娜現在的模樣。

細微的沙沙聲響起，亞沃望向家屋的門扉，竹製的門受到風的吹拂，大概是亞沃剛才進屋時沒有關好門，用來固定門把的繩結鬆脫了。

竹門被風推開了一根手指寬的縫隙，陽光從縫隙鑽進了昏暗的屋內。

「……就聽妳的吧。」亞沃向小黛說道。

也許，最應該走出門的，其實是他自己。

3

「泥土。」

小黛從地上抓起一個泥塊，放在男孩面前。

男孩左顧右盼，一臉害怕。此處是位於耕地後方的樹林，完全沒有其他人會經過。當然，男孩也從來沒有來過這裡。

「窩是瓦利。」男孩緊張地說道，他把手中的玉管捏得更緊了。

小黛嘆了一口氣，她剛剛花了很大的力氣才把男孩從家屋裡帶出來，有一半還是靠著亞沃的協助，卻沒想到要讓男孩與自己溝通居然比說服帕娜更加艱難，男孩似乎認定玉管和「窩是瓦利」這句話是他的保命符，不管跟他說什麼，他都只會回答這一句。

這樣不行，因爲今天沒有任何成果的話，明天男孩肯定會更加抗拒出門，而帕娜也可能會改變主意。

男孩不是白痴，小黛非常確信這一點，因爲男孩被救醒時的大喊亂叫，雖然小黛聽不懂意思，也不知道該怎麼說，但她當時確實聽見了好幾個相同並且重複的詞彙，那不是無意義的聲音，而是其他部落的語言。

「聽著，別再抓著那根玉管了，雖然我沒有殺過人，但如果我想殺你，你早就死了一百次了，不過我不打算這麼做，無論如何，你都必須先學會講海境語才行，好嗎？」

「窩是瓦利。」男孩當然聽不懂小黛講的這一段話，又再說了一次。

「不，你不是瓦利。」

小黛感到苦惱，不過愁眉苦臉不合她的個性，不管做任何事，她都是個徹底的行動派。

「總之得先把玉管從他手裡拿走才行。」

小黛想了一想，便走到男孩身邊，男孩見她靠近，立即變得警戒起來，小黛伸出手，男孩側過身體想要避開，但小黛只是伸出手輕輕碰觸男孩的肩膀，然後慢慢下移，從上臂到手肘，最後再到下臂。

男孩一臉狐疑，但感覺小黛沒有要傷害他，也就沒有逃跑。

最後，當小黛的手掌在手肘與下臂之間遊走時，小黛跨出一步，來到男孩身後，接著她一手抓住男孩的手腕，將男孩的手臂反折至背後，然後另一手在男孩手肘處捏了一下。

男孩大聲慘叫，手中緊抓的玉管掉落地面，小黛一腳踢出，將玉管踢至空中，然後放開男孩，輕輕鬆鬆伸手抓住玉管。

解開箝制的男孩發現玉管被小黛搶走，大叫著往小黛衝來，但就在他要碰到小黛前，小黛卻突然蹲了下來，男孩來不及止住腳步，被小黛身體絆了一跤，趴倒在地。

男孩掙扎著想要起身，卻被小黛一屁股坐在背上，奇怪的是，男孩用盡了全力掙扎，仍然無法爬起身來。

過了一會，男孩忽然感覺到背上的壓力消失了，連忙從地上躍起，正要找尋小黛的身影，卻突然見到一隻手映入眼簾，那手上抓著一根繩子，繩上繫著的，正是男孩視如性命的玉管。

男孩連忙奮力一抓，卻抓了個空，接著後膝一痛，跪了下來。

小黛站在男孩身後，一腳踩著男孩的小腿，一手扯著男孩的頭髮，將他往後拉，讓男孩仰起頭，看見繫於繩子上的玉管。

「玉——管——」小黛大聲說道。

男孩呆呆地看著她，說道：「窩是——」

「——不對！」小黛搖頭，拍了拍男孩的臉頰，又再說了一次：「玉——管——」

這次，男孩才終於理解了。

「……魚……冠……」

小黛再次搖頭。

「玉——管——」

「……玉……管……」

又再連續糾正了好幾次後，男孩終於可以完整唸出玉管的發音，小黛這才鬆開了手，讓男孩從地上站起來。

這次，男孩沒有衝上來，反而是小黛主動走上前，將瓦利的玉管繫在男孩的頸上。

男孩看著小黛，手指著自己頸上的玉管，「玉管？」

小黛點點頭，也指著自己頸上繫著的玉管說道：「玉管。」

然後，小黛用手指著男孩，說道：「瓦利。」

再用手指著自己。

「小黛。」

「小黛……瓦利？」

男孩模仿著小黛的動作，反覆練習了幾次，接著，他突然像是了解了什麼，用手指著自己，說道：「窩是瓦利？」

小黛點點頭，也用手指著自己。

「我是小黛。」

「我是瓦利……」

「對！從今天開始你就是瓦利，瓦利就是你的名字。」小黛說道，接著笑了出來。男孩聽不懂她在說什麼，但看到她笑，也就跟著笑了。

接下來一整個下午的時間，兩人的進展非常快速，小黛帶著這個擁有瓦利名字的男孩四處閒逛，一邊走一邊教男孩各式各樣的詞彙，令人驚訝的是，一旦可以開始溝通，男孩的詞彙吸收能力出乎小黛的意料之外，幾乎到了入耳不忘的程度。

等到夕陽西斜，兩人才回到亞沃的家屋，帕娜早已在門口不知道守候了多久，看見兩人回來，臉上緊繃的表情終於鬆懈下來。晚餐，他們吃著亞沃獵來的鹿肉，直到夜幕低垂，法甌前來叫人，小黛才回家。

隔天，小黛一早便出門，來到和瓦利相約的樹林，還沒抵達，就聽見林內傳來吵雜聲，小黛加快腳步，穿過草叢，來到會面的大樹前。

除了早已在大樹下等候的瓦利外，他的身旁，還多了兩個少年。

這兩人的年紀與小黛、瓦利差不多，身材一胖一瘦，胖的男孩年齡比小黛大兩歲，體格高大，名為塔木拉，火爆的脾氣在部落內是出了名的，至於瘦的男孩名為馬沙，和小黛同年，相貌秀氣，個性膽小，是塔木拉的小跟班。

瓦利站在樹下，他的脖子被塔木拉的大手抓住，臉頰紅通通的，像是挨了不少揍，他的兩隻手拚命亂揮，打在塔木拉身上，但對塔木拉來說，簡直就和搔癢差不多。

「塔木拉，放開他！」小黛大喝。

塔木拉和馬沙回頭，看見來的人是小黛，塔木拉不僅沒有鬆開手，反而捏得更緊了一些，緊接著啪啪兩聲，塔木拉又賞了瓦利兩個耳光。

破空聲響，一道箭矢從塔木拉鼻尖擦過，插進旁邊的大樹樹幹。

塔木拉與馬沙再次回過頭來，眼神充滿驚訝。

「下一次我不會再故意射偏了，你知道我的準度。」小黛出言恫嚇。

一旁的馬沙滿臉恐懼，連忙勸阻道：「阿塔，別打了，我們走吧。」

相較於被嚇破了膽的馬沙，塔木拉卻對小黛的威脅沒什麼反應，他當然知道小黛箭技的厲害，卻依然沒有鬆開手，只是輕哼了一聲，說道：「妳不會射我，妳可是未來的部落祭司，怎麼可能射殺族人。」

所有孩子們都知道，祭司是部落的守護者。

「那可難說，我又還沒成為祭司，而且，制止族人犯錯也是祭司職責的一部分。」

小黛話剛說出口，塔木拉卻勃然大怒。「我沒有犯錯！這臭小子居然敢冒充瓦利，還戴著瓦利的玉管！」

「他沒有冒充，帕娜說他是瓦利，那他就是瓦利，別動手——」

塔木拉掄起拳頭，眼看又要一拳砸下，小黛心裡焦急，拉緊了弓弦，卻不知該不該放箭出去，她當然不可能真的射穿塔木拉的腦袋，就連射腳或手臂都不行，箭傷的傷口非常容易潰爛，一個弄不好可是會死的。

但她也不能任憑塔木拉繼續毆打瓦利。

小黛將目標轉向塔木拉的手掌，或許只射手掌傷勢會輕一些，可是這樣眞的能阻止塔木拉嗎？要是他變得更加凶惡該怎麼辦？

正當小黛即將放出箭矢，突然一道聲音出現在她的腦海。

……停下……

小黛一愣。就在這時，只見一個人影從樹上落下，是一個體格健壯的大男孩，他落在塔木拉身旁，一手抓住塔木拉正要揮動的手臂。

「夠了吧，該住手了。」男孩微笑著說道。

塔木拉臉現怒容，想把男孩的手甩開，但不管怎麼甩，手臂居然還是被牢牢地箝制住，他的身材比這個男孩還要魁梧不少，但在力氣的較量上卻輸了。

「卡修！你少多管閒事！」塔木拉大吼。

他全力與這個名叫卡修的男孩拚鬥，另一手卻放鬆了，瓦利感覺到握住頸部的力量減弱，用盡全力掙開了塔木拉的掌握，然後連跑帶爬地奔至小黛身邊。

塔木拉想要追上來，但手臂卻被卡修拉住，他情急之下一拳往卡修臉上打了過去，沒想到卻被卡修一閃而過，接著他另一隻手臂也被卡修抓住，雙臂頓時動彈不得，只見卡修往自己跨了一步，下一秒，塔木拉感覺眼前一片昏黑，躺倒在地上，額頭痛得幾乎要裂開。

「好痛，早知道就撞你的鼻子算了。」卡修摸著自己微微紅腫的額頭，笑著說道。

馬沙急急忙忙跑上前，想將倒地的塔木拉扶起，但他力氣不足，完全無法將塔木拉高大的身軀移動分毫。卡修轉過身，走到小黛面前。

「謝謝你幫忙。」小黛鬆了一口氣，如果卡修沒有及時出現，恐怕後果不堪設想。

「沒什麼。不過你們打算怎麼辦？塔木拉大概短時間內不會離開。」

被狠狠撞了那麼一下，應該會暈個半天，在年齡相近的孩子當中，卡修是打架的佼佼者，天生的格鬥好手，甚至曾經打贏年長他三歲的狩獵團獵人。

「我們走吧，到別的地方去。」

小黛沒有思考太久，她拉著瓦利的手，往樹林的另一端走去，卡修尾隨其後。

風吹過林木，枝葉沙沙作響，馬沙呆坐在倒地的塔木拉身旁，目送著三人離去。

4

「今天我們要遠征巨石河。」小黛大聲宣布。

瓦利和卡修愣愣地看著她，不知道她又想了什麼新點子。

時節已近深秋，海境部落周邊的山林景致也逐漸改變，前不久才收割了旱稻，這是今年第二次的稻作，產量比第一次少了許多，原本一片金黃的田地現在已不復見。

收割旱稻是整個部落都必須參與的重大活動，瓦利當然也有參加，這是他來到海境後第一次參與團體活動，雖然事後手和腿痠痛了好幾天，一半是因爲他無法掌握石鐮的使用技巧，白白浪費了許多力氣，另一半則是因爲工作結束後小黛還帶著他東奔西跑，幫忙各種勞務，不過倒也因此吃了不少點心。

「過不久就是收穫祭了，我拜託亞沃爺爺今天帶我們去巨石河附近挖黏土，我們來燒陶。」

「什麼是燒陶？」瓦利開口問道。

經過了幾個月，他已經大略能夠和海境人溝通，也能夠猜出複雜語句的大概意思，但還是無法理解完全沒聽過的詞彙。

「燒陶啊，就是把黏土放進篝火裡燒啊。」卡修解釋道。

但瓦利看起來還是一臉疑惑。「煮東西吃？」

「當然不是，你的牙齒咬得動陶罐嗎？是用黏土啦，你知道黏土嗎？」

「黏土？」瓦利思索了一下，用手指了指地面。

「那是泥土，黏土也是泥土的一種，只是比較黏……我在講什麼廢話……就跟你流的鼻涕一樣，黏黏的，懂嗎？」

看著瓦利似懂非懂地點了點頭，卡修決定不再繼續這個話題。

四個人離開部落，往河川的方向出發，卡修和小黛走在最前頭，因爲雖然他們年紀還小，但已經是狩獵團的成員，對這段路非常熟悉，在他們之後的是瓦利，他從來沒有離開部落這麼遠，而亞沃則走在最後面。

四個人身上都揹著竹籃，竹籃裡面塞著麻布，還放了幾支木棍和石鋤。

山坡上芒草遍布，雪白的芒花迎風搖曳，沿途落葉繽紛，爲綠野染上了秋日的澄黃，候鳥於天際隱沒，等待來年復歸。

正午過後不久，四人終於抵達巨石河附近的山腰，從山腰往河川望去，河川另一端的景象卻截然不同，那是一處灰色的死亡山谷。

即使從來沒來到此地，但瓦利一看見那個山谷就全身寒毛直豎，他身爲人類的直覺告訴他，那裡不是生靈應該涉足之處。

一隻手掌輕拍了瓦利的背，將瓦利的意識喚回。

「那裡是死亡谷，絕對不要去那個地方，就算再怎麼好奇也不行。」亞沃嚴肅地告誡，這些日子以來，他和瓦利親密了許多，再也不會感覺怒不可遏。

畢竟，不管這孩子是什麼人，孩子終究是孩子。

瓦利邁步追上前面的小黛與卡修，卻發現他們也在一處突出的岩石邊停下了腳步。

他們正小聲地談話，看見瓦利走過來，連忙示意瓦利不要發出聲音。

「瓦利，你看那邊。」卡修手指死亡谷，小聲地向瓦利說道。

瓦利再次朝死亡谷看去，灰色的山谷依然令人毛骨悚然，他不知道這有什麼好看的，正想轉過頭，卻突然發現山谷的一角，似乎有什麼東西在緩緩蠕動。

一個全身灰白的物體。

那是瓦利一生中最難以忘記的恐怖生物，不，那東西或許連生物都算不上，因爲離得很遠，看不清那東西眞實的面貌，但只要一見即知，那是不該出現在這世界上的邪惡。

「那是什麼？」瓦利從震驚中回過神來，訝異地問道。

「朽屍，你的運氣眞好，不是每一次來都看得到耶。」卡修說道。

「居住在死亡谷的先民，被詛咒的邪惡產物。」小黛補充道，她露出了罕見的緊張表情。

「不要靠近死亡谷，更不要靠近朽屍，知道嗎？」

瓦利點點頭，一旁的卡修卻笑道：「我怎麼記得以前有個人還偷偷帶大家來這裡探險，想要抓一隻朽屍回部落——」

話還沒說完，卡修的嘴巴就被小黛給摀住。瓦利往旁邊一看，原來是亞沃跟了過來。

小黛將手掌從卡修臉上鬆開，然後用手肘在卡修肚子上敲了一下，逕自走了。卡修悶哼出聲，但還是一臉笑意，他搭著瓦利的肩膀往前走，小聲地說道：「部落裡有個老頭，每天都嚇唬小孩說總有一天朽屍會離開死亡谷，把大家都殺掉，小孩越怕他越開心，直到有一天，那老頭跟小黛說了，沒想到小黛卻帶著我們來這裡找朽屍，她說與其等朽屍離開死亡谷，還不如我們自己去死亡谷找朽屍，把它們消滅掉。」

「你們成功了嗎？」

聽見瓦利的問題，卡修一愣，隨即笑道：「當然沒有啊，才在這邊繞兩圈就被逮到了，我們三個還被痛揍了一頓。」

「你們三個？」

「就是我和小黛還有……噢……」卡修突然露出尷尬的表情，立即轉移話題道：「反正就像小黛講的，千萬別靠近死亡谷和朽屍，要是被那東西碰到就死定了，幸好它不能過河。」

卡修拍拍瓦利的肩膀，快步追上小黛。

終於來到目的地，挖掘黏土的場地是在山坡的一處窪地，亞沃先向祖靈報告此行目的，然後在準備挖掘的場地四周插了數根剛剛摘採的蘆葦，以表示自己不會過度貪心，濫挖濫採，希望祖靈能保佑挖掘順利。

挖掘開始，眾人先將地上覆蓋的碎石與植物清除乾淨，亞沃用削尖的木棍戳刺地面，目的是用來確定底下有無大顆的石頭，如果底下有大石，可能會損壞他們帶來挖掘的石鋤。

確定底下沒有大顆的石頭後，眾人開始以石鋤掘地，土壤底下的黏土顏色與地面不同，色澤較淺，也偏紅，挖起的黏土則以芋葉包裹，放在覆著麻布的竹籃內。

挖掘完成，眾人起身返回部落，雖然路途不算遠，但挖掘工作比想像中來得費時，等到返抵部落時，日已西斜。

隔日，三人起個大早，開始處理挖來的黏土。小黛把黏土從芋葉中取出，放在石板上用手搓開，揀去土中較大顆的礫石，揀完後再把黏土交給卡修和瓦利，卡修和瓦利則各自坐在一塊大塊的卵石前，手握著石擂，不斷敲打著黏土，這麼做是爲了把黏土中的細石敲得更碎，減少在燒陶時碎裂的機率。

終於處理完所有黏土，三人也已經累得直不起腰來，長時間坐在地上進行重複作業本來就是一件辛苦的工作，更何況是三個小孩子處理這麼多黏土。

稍作休息後，三人再次進行作業，終於要來捏陶了。帕娜從家屋裡出來，手裡抱著一堆製陶用的器具，有木碗、木片、短棍和竹刀，全都放在地上，讓大家各自取用。

「啊！我知道了，你們要……」瓦利露出恍然大悟的表情，說了兩句沒人聽得懂的話後笑道：「原來燒陶是這個意思。」

卡修與小黛面面相覷，內心都有疑問，但又不知如何開口，只見瓦利很熟練地拿起木碗，然後捏起一塊黏土，將其置於木碗上，揉搓拍打。

「他以前學過？」卡修問道。

小黛聳了聳肩，搖頭表示不知，也拿了木碗，開始捏陶。

除了三人之外，亞沃與帕娜也加入了製陶的行列。部落本來就有在收穫祭前燒陶的習慣，但並不強制要在同一天，因為挖掘陶土需要人力，燒陶時又得耗費不少柴薪，所以通常也不會集中在幾天內同時製作，避免柴薪不足的情況。

一件陶器從塑形到完成，花去的時間絕對不少，亞沃和帕娜這種熟手也就算了，對於三個未成年的孩子來說，不管天資多麼聰穎，想要捏出一件漂亮的陶碗並非易事，他們一路捏陶，直到天黑，才終於把所有陶器製作完成，接下來就只要將捏好的陶器放置兩天，再將其擺放在井字排放的柴堆內，連燒數天便可完成。

最後剩下的一點黏土，卡修和瓦利用來捏了一些土偶，小黛則拿來做了幾顆陶珠，打算和其他陶器一起放入柴堆內燒製。

「這是什麼？」瓦利指著卡修腳邊的數件土偶，問道。

「這是我要送給弟弟妹妹們的玩具，你看，這三隻是小狗，這兩隻是野豬。」

卡修自豪地展示自己的作品給瓦利看，但瓦利看完後卻說道：「可是……你的野豬和小狗長得好像。」

「……囉嗦！野豬比較胖，尾巴短一點，你連這都分不出來嗎？那你又捏了什麼？」

卡修望向瓦利的土偶，只見那土偶也是隻四足動物，粗粗長長的尾巴和略短的四肢，頭部相較於卡修的野豬，渾圓了許多。

「這是什麼？」卡修向瓦利問道。

一旁的小黛捏完了陶珠，也探頭過來。

「這個是……」瓦利一臉苦惱，他當然知道自己捏的是什麼動物，但就是不知道該怎麼稱呼牠。他想起自己在海上的那段奇妙經歷，思索許久後，說道：「呃……毛茸茸的……四隻腳……尾巴很長……」

「狗？」

「貓？」

卡修和小黛分別猜了不同的答案，但瓦利搖了搖頭。

「有點像貓，但比貓大很多……是猛獸……牠的牙齒很利……還會爬樹……」

「是熊嗎？」小黛問道。

瓦利再度搖頭，但他像是突然想起了什麼，大叫道：「對了！」

然後他拿起竹籤，在土偶身上輕刺了幾下，有的刺深，有的則刺得淺了些。

「這是什麼，那動物身上有洞？」卡修笑道，但立即被小黛白了一眼。

「這應該是斑點吧，這隻動物身上有斑點是嗎？」

瓦利點點頭，說道：「對，有些斑點大，像是黑色的圓圈，有些斑點小，還有花紋，毛皮是太陽色的——」

「啊！」

小黛和卡修一齊發出驚叫聲，他們都同時想起了某一種動物。

「你說的是雲豹吧！」卡修笑道。

「雲豹？」瓦利張大嘴巴。

「是啊，尾巴很長，會爬樹，樣子像很大的貓，有花紋和斑點，那就只有雲豹了……不過雲豹可是海境的守護神，怎麼被你做成這個模樣？」

「……雲豹……」

無心回應卡修的取笑，瓦利看著自己捏的土偶，來到海境將近半年，他終於知道了在獨木舟上與自己說話的猛獸的名字。

5

小黛佇立在一棵巨大樟樹的樹梢，俯瞰著大地。

時近黎明，月亮已在山頭隱沒，本應一片漆黑，但遠方的大海上也同時泛起晨曦的光，將天空照亮。

小黛享受著這難得的一刻，她的身軀隨著腳下的枝幹迎風搖曳，如果是在平時，早就摔下去了，但現在的她卻比猴子還要更加靈巧。

她縱身一躍，在半空中翻了一個圈，然後完美地落地，沒有摔斷腿，身體輕得就像沒有重量一般。

不知從何時開始，每年總會有個幾天，小黛會在夜裡起來。

有道聲音在召喚著她。

有時是竊竊私語，有時是不知所云的呢喃，有時是震耳欲聾的嘶吼，有時是悠揚的高歌。

小黛並不膽小，她回應了聲音的召喚，在深夜離家，沒有人知道她外出，縱使偶然撞見了夜半出門小便的族人，他們也對她視而不見，就像看不見她一樣。

聲音引領她往山林、溪流、大海走去，多年來，她幾乎把海境周遭走過了好幾遍，也讓她知曉了山中的每條捷徑。

但她依然摸不清那個召喚她的聲音究竟是何物。

這一年來，那道聲音不再只於夜裡出現，而是如影隨形，彷彿隨時待在她的耳邊，三不五時向她低語，呼喚著她的名字。

小黛走下山坡，迎面吹來的風撥亂了她的髮絲，她瞇起眼，望向東方，海與天空的交接處被光線隔了開來。

如此景致，不管看再多次都不會膩。

海境部落坐落在山與海之間，各大氏族的家屋如同群山聳立，順著山坡櫛比鱗次排列，在坡道的最下方，則是廣闊的耕地。

這是小黛想要保護的一切，她在年幼時就已經知道了自己是多麼特別的存在。

未來的祭司，未來的守護者。

雖然必須在家人起床前回去，但今天那道聲音不斷催促著她，驅使她決定在回家前繞一段路。

她來到了亞沃的家屋。

門開著，亞沃從屋內走出，和其他人一樣，他沒有看見小黛。

上了年紀的人習慣早起，亞沃手裡抱著柴薪返回家屋，往火堆裡添加柴火，在屋外沾染了露水的木頭遇上火燄，冒起了濃煙，幸好亞沃都只挑選細木枝，濃煙並不算多，很快就往敞開的門和窗戶散去。

小黛看著亞沃的臉，除了父親，亞沃是她最親近的男性長輩，最近他的表情已經漸漸回復到小黛從前熟悉的模樣，小黛非常清楚，那場悲劇摧毀的不只是帕娜，亞沃也備受折磨。

床鋪邊傳來數聲低噱，小黛轉過頭，只見那名取代了瓦利名字的少年翻了身，臉上露出痛苦的表情，口中叫嚷著。

睡在旁邊的帕娜起身安撫他，將瓦利抱起，讓他倚靠在自己懷中。

「沒事，只是作惡夢罷了。」帕娜向亞沃說道。

亞沃點點頭，坐回火堆旁，繼續把受潮的柴薪圍繞著火堆擺放好，去除濕氣。

在帕娜的安撫下，瓦利似乎鎮定了許多，呼吸慢慢拉長，不一會兒，發出了鼾聲。

屋內一片寂靜，只剩下些許木頭燃燒時破裂的劈啪聲。

此時屋外一片明亮，小黛正想離去，卻忽然聽見帕娜嘆了一口氣。

「可憐的孩子，不曉得他來這裡前吃了多少苦。」

小黛愕然停下腳步，她回過頭，走回帕娜的身邊，蹲下身來，仔細地端視她的臉龐。

即使增加了無數的皺紋與白髮，但她的眼神恢復了一如既往的溫柔。

……黛拉絲……

那道聲音又再度響起，迴盪於小黛耳邊，小黛知道，這是在催促著她離開。

在即將抵達家屋前，小黛在庭院看到了熟悉的身影。

是芭黛，她一反常態，離開了自己的靈屋。

小黛停頓了一會，才驚訝地發現芭黛正在注視著自己。

不可能！

她試過很多次，在這種狀態下應該沒人能看見自己才對。

但是，她也立即就想通了。

——祭司的血脈。

「一直以來，都是妳在對我說話？」

聽見小黛的疑問，芭黛搖搖頭。「不，孩子，不是我。」

芭黛笑了起來，她的漆黑眼眸深邃得彷彿可以容納整片星空。

「是我們。」

6

冬日已盡，寒風的怒嚎也不復淒厲，海境再次迎來雨季，大雨使耕地重獲滋潤，成爲良田，雨季過後，人們撒下稻種，等待種子發芽、茁壯。

初夏，耕地一片綠意，位於耕地後方的山坡上，傳來一陣喧鬧。

「準備好了嗎？」瓦利手裡抓著一根樹枝，大聲喊叫道。

「隨時都可以。」站在距離他二十步以外的小黛手持竹弓，一臉悠然自若。

瓦利用力將樹枝扔出，樹枝不停打轉，往天空飛去。

「唰！」

一聲清響，小黛舉弓張弦，箭矢破空射出，一箭將樹枝射下。

瓦利快步奔跑到箭矢落地之處，只見石鏃深深刺入樹枝的其中一端。

正是自己用石頭刻了記號的那一端，而石鏃也不偏不倚射在記號上。

瓦利撿起樹枝，驚訝得目瞪口呆。

「早就跟你說了吧。」

站在一旁看好戲的卡修漫步走來，他和小黛今天相約一起帶瓦利出來練習射箭，來的路上，卡修把小黛的箭技說得神乎奇技，引起瓦利的好奇，於是小黛就小露了一下身手。

「妳是怎麼做到的？」瓦利向小黛問道。

「練習。」小黛回答。

但這個答案卻引來卡修的嗤之以鼻。「我也練習得很勤快，怎麼就做不到這種事。瓦利我跟你說，小黛可是——哇啊！」

話沒說完，卡修的肚子就被小黛拿箭矢戳了一下，雖然力道很輕，但已經足以讓一個大男孩痛得跳起來了。

「總之，保養好你的弓，認眞製作每一支箭，勤奮練習，只要這麼做，你也可以做到所有我能做到的事。」

瓦利點點頭，他看著自己手中嶄新的竹弓，這是最近一段時間，小黛和亞沃陪著他耗費了非常多精神一起製作的。

「所以……妳眞的決定了？」卡修開口問道，他搓揉著肚皮，一臉不滿。

小黛愣了一下，隨即點點頭。

她將要放下弓箭，並且退出狩獵團。

對於海境的女孩來說，這是理所當然的事，年紀大了，興趣就會轉移到其他地方，更有許多女孩會爲了幾年後的婚禮做準備。

但對於小黛來說，她退出的原因卻不在於此。

「……我有一些想要知道的事。」

那些日夜迴響在她腦中的聲音，她必須去一探究竟。

7

小黛將竹弓的弦卸下，替弓身用油布擦拭過後，再將竹弓掛回牆上。

火光映照下，油脂在弓身表面泛著微光，弓身上每一處都是小黛自己親手製作、打磨、組合起來的，甚至連包覆弓把的皮革也沒有假手他人。

「……對不起。」

她喃喃自語著，然後站起身來，走出家屋，屋外一片漆黑，今晚看不見月亮，取而代之的是滿天星斗，幾乎要將她給吞噬。

小黛穿過院子，來到芭黛的靈屋，還沒推開門，就聽見芭黛哼唱的小曲調，她走進屋內，只見芭黛坐在火堆前，手中拿著石片，低頭削著一根細木枝，背後的架子上擺放著各種祭儀的物品。

「妳來了。」

芭黛沒有抬起頭，彷彿早就知道小黛會來一樣。

小黛沒有回答，她在芭黛身旁坐下，芭黛拿起剛削好的木籤，望向小黛。

「決定好了？」

小黛點點頭。

「即使沒有弓箭，不再狩獵，我依然是黛拉絲。」她的嘴唇在顫抖，但目光堅定。

芭黛嘆了口氣，用木籤在自己和小黛的食指上輕輕戳了一下，鮮血從傷口流出，芭黛舉起手，在小黛的額頭抹出一條血痕，然後要小黛將手高懸在火堆上，任血液滴入火焰中。

血液被火燄燒盡，激發出些微的香氣，這香氣來自於在火堆中燃燒的月橘木枝。芭黛從火堆中撥出了些許灰燼，將其盛入陶盆，然後捧起小黛的手，把月橘的灰燼刺入她的掌背。

先是兩個站立的人形，在他們之上，是一頭雲豹的獸形，獸形的足部與人形的頭合而爲一，而河流、群山、大海的圖騰則以繩紋爲分際，將人獸形層層環繞，彷彿無窮無盡。

「法甌之女黛拉絲，我已經向祖靈報告了妳的決心，從今以後，妳將成爲祭司學徒，連接生死兩界的紗線，大地女神的使者，永遠守護海境。」

第二章・獵人瓦利

1

夜幕低垂，空氣中仍帶著些許涼意，螢火蟲在葉尖佇足，忽明忽滅，與微弱月光相互輝映。

瓦利蹲伏在灌木叢間緩緩移動，將自己的身體完全隱藏在黑暗中，這樣的動作並不容易，因為他已經不再是五年前那個溺水的瘦弱小子，而是即將成年的海境部落勇士，況且他的身材也較常人挺拔出眾許多。

悄無聲息地來到另一處草叢旁，瓦利的目光如同火炬一般，緊盯著距離草叢不到三十步的河床。

正在喝水的鹿群。

由於今年的雨季遲遲不來，所以河床大部分都是乾涸的，只有靠近中央的地方才有流水，為了喝到水，鹿群必須更加深入河床。

瓦利用手指挾起腰際箭袋中的一支箭，然後將箭桿輕貼在竹弓上，拉滿弦——

——射出——

在弓弦反彈發出悶響的同時，鹿群四散奔逃，一眨眼間便消失得無影無蹤。

除了一頭正低頭喝水的年輕雄鹿，箭鏃準確地刺入牠的側頸，牠在被射中後還踉蹌地奔跑了數十步才倒地。

瓦利從草叢後方走出，快步至他的獵物身旁，伸手觸摸牠剛過換毛期的柔軟毛皮。但他很快就發現這頭應該死透的生物身上有某些不對勁的地方。

他將手掌移至雄鹿的腹部，輕輕地貼合著。

……雖然起伏非常微弱，但這頭鹿還在呼吸。

原因很快就找到了，瓦利拔出箭矢，最前端的箭鏃只剩下一半，大概是在刺進鹿頸的時候，石片製成的箭鏃崩裂了開來，導致箭矢插得不夠深。

不管牠的話，等一下也會失血過多而死。

但好的獵人不應讓獵物承受多餘的痛苦。

瓦利後退了兩步，抽出背後的石矛，緊握住木柄，然後毫不猶豫地將矛尖戳進雄鹿的肩胛骨後方。一陣掙扎後又再歸於平靜。

瓦利將鹿拖行至旁邊的樹林，用繩索把鹿倒吊在枝幹上，然後在地面掘了一個小坑洞，接著割開鹿的喉嚨，讓剩下的血流進坑洞裡。接下來只要等放完血後，把鹿扛回部落肢解就行了，現在可以休息一下。

瓦利倚靠著樹幹，樹幹上爬滿了枯萎的青苔，他搓揉著痠痛的小腿，狩獵從來不輕鬆，更何況他今天從下午一直等到了晚上。

不過瓦利還是喜歡狩獵，剛學習狩獵的第一年，他笨手笨腳，什麼事都做不好，永遠在扯大家的後腿，但到了第二年，他已經可以獨自製作所有的狩獵器具，還熟知所有獵物的習性。

第三年，他通過了全部的測試，正式加入狩獵團，也得到獨自狩獵的許可，在那之後，他大部分的時間都耗在野外，就算在禁止狩獵的時期，他也會出來採些野菜。

獨自一個人在野外遊蕩很危險，但對於瓦利來說，待在部落裡無所事事更令他感到恐懼。

……如果他們發現了眞相……

瓦利搖搖頭，拋開這個讓他害怕的猜想。

五年了，瓦利——這個被他冒用的名字——經過多方探聽，原本的瓦利是個聰明、活潑、總是能爲周遭帶來快樂的男孩，和他根本截然相反，現在的瓦利是個憂鬱而乏味的膽小鬼。

「你要代替我們，繼續活下去。」

父親的話語依然三不五時在他的腦海裡迴盪，其中摻雜著許多人臨死前的尖叫，那是他無法拋去的夢魘。

現在，他只能以「海境部落的瓦利」這個身分生存下去，至少在能夠自立、獨自生活之前，這是他必須戴著的假面具。

瓦利觸摸著懸掛在自己頭上的玉管，直到現在，他還是無法理解那一天所發生的事。

鹿的咽喉停止流血了。瓦利用泥土覆蓋住盛裝鮮血的地洞，因爲過度濃郁的血腥味會吸引肉食動物聚集，增加之後狩獵的危險性。

瓦利右手握著石矛，將鹿扛在左邊的肩膀上，這頭鹿的體型對他而言略重了些，但想要完整保留鹿皮只能這麼做，畢竟回到部落的路途上並非都是草地，只要一小片碎石地就能把鹿皮割得體無完膚。

瓦利往前邁出一步，卻又突然停了下來，他轉頭看向十步外的一棵欒樹，嘆了一口氣，說道：「妳站在那裡多久了？」

從欒樹的樹影下傳來一聲輕笑，緊接著，一道輕盈的身影漫步至瓦利身前。

當然，瓦利不必等她現身，就已經知道她的身分了。

海境頭目之女——黛拉絲，部落裡的族人們都暱稱她爲小黛。

儘管貴爲頭目之女，可是因爲還未成年，所以她身上佩戴的飾品並不多，只有頭上的玉管，和用來固定長髮的玉簪及細繩。

小黛身上並沒有攜帶獵具，只在腰際插了根短棍，短棍尾端纏著沾過動物油脂的茅草。她用打火石相互敲擊出火花，將短棍點燃，成爲一支火把。

在火焱的映照下，小黛的肌膚彷彿也在發光，令瓦利一時看得出了神。

「怎麼了？」

「沒什麼，走吧。」

兩人並肩走進樹林，穿過樹林是回到部落最快的捷徑。

「其實妳不必特地來接我。」瓦利對小黛說道，他已經不知道跟她說這句話幾次了。

「我知道。」小黛回答，但她每次都還是會跑來，出現，然後兩人愉快地閒聊，一起走回部落，有時候，小黛甚至會幫忙他一起肢解獵物。

她到底怎麼找到我的？瓦利在內心嘀咕。有一陣子，爲了不讓小黛找到，他會特別繞遠路，或進山去狩獵，甚至故意製造其他痕跡，來擾亂小黛的追蹤。

不過一點用也沒有。

找到瓦利這件事就像是小黛在黃昏時散步的額外樂趣，毫無難度。

瓦利回想起從前生活在另一片土地時，每到日落，自己和其他孩子們都會偷偷躲起來，想要再多玩一會，但最後都會被父母輕易找到。

差別在於，從前居住的村落非常小，孩子們能玩耍的地方只有採果實的林子，而海境部落的獵場，比那片林子大了數百倍。

狩獵團的成員們都說小黛是亞沃最得意的門生——只可惜她是個女孩，否則肯定會成爲海境部落最偉大的獵人。

即使已經過了好幾年，瓦利仍然清楚記得當時看見小黛射箭的情景。

亞沃說，小黛受到了風神的賜福，所以箭矢永遠會往她想要的方向飛去。

但很諷刺的是，這個被風神庇佑的女孩，卻在一出生就註定要成爲下一任的海境祭司，曾經緊握竹弓的手掌，掌背上也紋滿了深青色的圖騰，她現在每天都得接受前任祭司芭黛婆婆的指導，學習醫療、占卜和巫術，今年的收穫祭典，她將會進行成年儀式。

成年儀式結束，她就擁有結婚的資格，與她結婚的男人，將會成爲下一任的海境頭目。

因爲這個緣故，瓦利成了很多人的眼中釘，畢竟小黛和他黏得太緊了，小黛還沒退出狩獵團時，她外出狩獵歸來就往亞沃的家屋跑，然後順便教導瓦利弓矢的製作方法。退出狩獵團後，她每天都跟著芭黛學習，但一到休息時間就會向帕娜探問瓦利的去向，而帕娜也永遠都會告訴她，接著小黛就會消失，然後在日落後才跟瓦利一起回來。

日復一日，兩人之間的關係引人生妒。

尤其這一年來。

但瓦利非常清楚他和小黛之間根本沒有什麼，小黛總是會在他狩獵完之後現身，然後陪他一起走回部落，中間沒有任何調情和男歡女愛之類的互動，頂多就是閒聊，聊些雞毛蒜皮，誰家的小狗又生了的小事。

部落並不禁止未婚男女交往，他曾看過好幾次滿臉通紅的男女在竹林中談情說愛，如果以此爲基準，小黛和瓦利的親密關係可能更像是家人而非情侶。

當然，沒什麼人會相信就是了。

追根究柢，瓦利對於和小黛的關係更進一步這件事也不太踴躍。

有一半的原因是自卑，結婚必須得到雙方父母祝福，目前看起來，枷道似乎並不滿意小黛和瓦利走那麼近。

另一半的原因是他從來不懂小黛在想什麼。

她就像海境部落信仰的雲豹一樣——

強壯、聰明、美麗，但不可理解。

瓦利偷偷瞄了小黛的側臉，她凝神而專注的臉龐非常吸引人。

但下一秒，她的眼睛連眨了兩下。

在瓦利還來不及反應前，小黛已經往他的右臂用力拉了一把，兩個人一起跌倒，一整頭鹿直接壓在瓦利頭上，瓦利悶哼一聲，立即感覺到嘴巴被一隻手掌捂住。

四周一片漆黑，小黛不知何時把火給熄了，瓦利鎮定了下來，眼睛因爲光源突然消失而導致暫時性眼盲，讓他完全看不見，於是他閉上眼睛，十次心跳後，兩眼再次睜開，視力恢復。

瓦利將壓在身上的鹿輕輕抬起，然後慢慢將身體挪開，接著他感覺到臉頰被拍了兩下，一抬頭，只見小黛正蹲在一棵大樹旁邊，一臉警戒地望著前方。

瓦利朝她的視線看去，那裡一片黑暗。

但在黑暗中，有一道細微卻詭異的聲響，類似磨牙聲，但摻雜著悲鳴，似乎有點斷斷續續，卻不曾停歇。

瓦利深吸了一口氣，很慢很慢。

來到海境部落五年，他當然知道那是什麼。

他們緊盯著聲音的來源，不知道過了多久，那個「東西」緩緩移動了。

透過穿過葉隙的月光，只見一個削瘦的人形物體在地上蹣跚前行。

「它」四肢著地，手腳與身體都是皮包骨，沒有一點肉和脂肪。與身體相比，沒有毛髮與耳朵的頭顱顯得過大，嘴巴像是一道裂縫，裡面沒有牙齒，眼窩內陷，小小的眼球散發著微弱的螢光，灰色的皮膚上充滿裂紋，有如腐敗的屍體。

朽屍——就是這個怪物的稱呼。

它慢慢地步行至一根枯木旁，然後蹲下，兩手往地上撕扯，把抓到的東西往嘴裡塞。

它吃的是一頭野豬。

豬血噴在它的身上，化成了濃煙，它的皮膚帶有詛咒，被它抓起的每一塊肉、內臟，甚至是骨頭，都會瞬間腐爛、崩解，還沒放進嘴巴就已經變成泥塵，從指間落下，但它沒有因此停下動作，依然一邊發出哀鳴聲，一邊繼續進食。

「它怎麼跑到這裡來了？」瓦利壓低聲音向小黛問道。

朽屍只會出現在「死亡谷」，那裡和海境部落被一條名為「巨石河」的大河隔開。

小黛搖搖頭。

「把鹿的內臟給我。」

「什麼？」瓦利以為自己聽錯了。

「你獵到的那頭鹿，把牠的內臟割下來給我，盡量別發出聲音，快點。」小黛低聲催促。

雖然不知道她要拿來做什麼，但瓦利還是抽出石片，飛快地在鹿腹上切割，然後從腹腔內把心臟、肝臟等器官取出來，一個一個交給小黛。

小黛捧著滿手的內臟，彎著身子，慢慢往斜後方倒退，將各個器官平均地排列在地面上，由腸子連接起來，形成一條彎曲的路線。

排列完畢，小黛回到大樹旁，手裡還抓著鹿的心臟。「聽好了，朽屍對聲音和血腥味有反應，等一下我會把心臟丟出去，它一追過去，我們就跑。」

瓦利點點頭，接著向地上的鹿瞥了一眼。

小黛再次搖頭。「雖然很可惜，但還是放棄吧，那會拖慢我們跑的速度。」

「……我答應了人……」瓦利仍在掙扎。

「不行，朽屍會循著血腥味，它可能會跟著我們到部落。」

兩人四目相接，過了一會兒，瓦利敗下陣來。「聽妳的。」

小黛臉上露出微笑。她慢慢起身，將抓著心臟的手舉高，然後往剛才布置內臟的方向——丟出！

心臟的落地聲響起，朽屍的動作也隨即停止。

它將頭往上抬，做出嗅聞氣味的姿態，即使它根本沒有鼻子。

接著，它往前一躍，向聲音的來源跑去。

同一時間，瓦利和小黛拔腿狂奔。

林木的枝葉快速地從眼角餘光一閃而過，兩人完全沒有停下腳步，他們很快就離開了樹林，來到部落外的山坡。

直到來到山坡最高處的哨站，他們才氣喘吁吁地改成步行。

「嘿！你們小倆口幹什麼去啦？這麼筋疲力盡的。」今晚輪值的卡修向兩人打招呼，他比瓦利大一歲，身高卻矮了一個指節的長度，不過身材倒是較瓦利魁梧許多。

「你先回家休息吧，我得和卡修討論剛才發生的事。」說完，小黛便往卡修走去。

卡修一臉訝異，望了瓦利一眼，瓦利向他揮了揮手，逕自走回部落。

除了自己之外，卡修是小黛在狩獵團裡最好的朋友。

而且，眾所周知，卡修也非常喜歡小黛。

這兩個人在一起時，都在做些什麼呢？

瓦利甩甩頭，想將這些腦中無端冒出的想法甩開，但他同時也有些驚訝，自己居然也有這種嫉妒心理。

這些念頭應該也常常出現在卡修腦中吧。

瓦利不禁欽佩起卡修，他可以說是小黛的追求者中，對自己最友善的人。

瓦利慢慢走下坡道，海境部落的屋舍全都坐落於山坡，白天時在山坡頂端可以遙望聖靈山——海境族人的靈魂歸處。

本來預定帶著鹿回來的話，他現在應該會直接前往位於部落中央的狩獵小屋，那是一棟排列著許多架子的房舍，每當有重大祭典時，狩獵團都會進行圍獵，獵到的動物都在小屋處理，不過平日小屋也是開放的，提供狩獵團的獵人使用。

瓦利轉進岔道，回到亞沃的家屋，屋頂上鋪設的茅草屋簷往外延伸。他沒有進屋，反而走進屋簷下的一個地穴，地穴是以石堆砌成，穴內擺了許多陶罐，用來儲放糧食。

瓦利打開其中一個陶罐，將裡面的物品放置於剛剛在路上採的芋葉上，然後用芋葉將物品包裹起來，再以細繩捆好。

帶著芋葉包裹，瓦利離開地穴，走回坡道上，直接來到了狩獵小屋。

小屋外有兩名女孩，年紀尚幼，臉蛋小巧，看起來仍不滿六歲，兩人是雙胞胎，容貌一模一樣，正對著小屋探頭探腦。

「菈蒂可、莉茱可。」瓦利輕聲叫喚，他沒有走到狩獵小屋，只站在畜欄旁邊，比較不引人注目。

雙胞胎聽見聲音，回過頭看見瓦利，臉上露出笑容，一起跑了過來。

「瓦利哥哥，你有抓到獵物嗎？」莉茱可劈頭問道。她是妹妹，所以頭上綁著兩條辮子，姊姊菈蒂可則是只綁了一條辮子。

「笨蛋！哥哥這麼厲害，當然有抓到啦。」菈蒂可對妹妹吐槽，然後兩個女孩一起望著瓦利，等著瓦利回答。

「……抱歉，我沒有帶獵物回來。」

瓦利搔搔頭，看著雙胞胎一臉失望的表情，連忙拿出芋葉包裹，交給菈蒂可。

菈蒂可狐疑地接過包裹，嗅了兩下後，表情瞬間明亮了起來。「我認得這個味道，是醃豬肉！」

瓦利點點頭。「是亞沃爺爺和我前幾天醃的，很好吃喔。」

「真的嗎？我也要聞。」莉茱可湊到包裹前，用力吸了一口氣。「真的耶！太好了，媽媽有豬肉可以吃了。」

兩個女孩雀躍不已，但過了一會，菈蒂可的表情卻突然暗淡下來，遲疑地說道：「……可是這樣就跟原本說好的不一樣了……」

她們原本和瓦利說好，要用編織的手環和瓦利交換獵物。

「媽媽說我們不能平白無故拿人家的食物。」

「不是平白無故啊，我想用這塊醃豬肉和妳們交換手環，可以嗎？」瓦利誠懇地說道。

聽見他的提議，雙胞胎面面相覷。

「成交！」

女孩們喊道，她們從腰上繫著的小皮袋裡取出了一條苧麻繩編織的手環，手環上串著幾顆陶珠。單論外形，非常符合小女孩的手藝程度。

瓦利接過手環，然後拍拍雙胞胎的頭。

「謝謝妳們，趕快把豬肉帶回家給媽媽吧，要多吃有營養的食物，病才會好。」

「好！哥哥再見，哥哥也要和小黛姊姊相親相愛喔！」

兩個女孩抱著芋葉包裹離開，留下待在原地苦笑的瓦利。

這兩個孩子，每次見面都故意喊那句話消遣自己。

瓦利穿過廣場，循著原路回家，廣場上人不多，只有兩個海境祭司——芭黛婆婆和法甌，她們似乎在進行某種祈禱，吟誦著不明的古老詞句。

走上坡道的同時，瓦利抬起頭仰望天上星辰，臉上露出笑容。

只有在給予他人幫助的時刻，他才覺得自己不是個冒牌貨。

2

第二天瓦利刻意早起，天還沒亮他就出門去摘野菜。

這麼做是爲了避開亞沃，雖然結果是白費心機，亞沃在他起床時就已經不見蹤影了，屋內只有帕娜所發出的細微鼾聲。

無論如何，還是依照既定計畫出發吧。

瓦利把自己身上帶的竹筒裝滿水，然後將剛煮好的水倒入地上的陶瓶，整理好外出的裝備後，輕輕推開門。

昨晚回家後，亞沃和帕娜都沒有對他私下拿走食物的行爲多說什麼。

畢竟，那頭野豬也是他抓到的，他想分一些給人應該……可以吧？

瓦利覺得心虛。

面對帕娜時，他有罪惡感，因爲帕娜把他當成眞正的瓦利，全心全意地愛著他。

送人一、兩塊豬肉沒什麼大不了的，對於帕娜來說，這個世界上最重要的就只有瓦利，其次是她的紡錘和織布工具，只要這三者都還在，她就能快樂地生活著。

而且，帕娜對雙胞胎姊妹也頗爲照顧。

而面對亞沃時，瓦利感到羞恥，即使亞沃什麼也沒說，也待他如同家人一般，但他缺乏與亞沃四目相交的勇氣，因爲那雙鷹隼般的銳利眼睛彷彿能夠看穿自己。

雖然太陽還未升起，但天空已經泛白，瓦利走在坡道上，涼風吹過前額，令人舒暢，瓦利手持石矛，揹著竹籃，往哨站的方向前進。

哨站是一座竹製的小亭子，四面都是開放的，內部設有武器架和木鼓，當有外敵入侵時便可以敲擊木鼓示警。

輪值一般由狩獵團的成年男性負責，一天兩個班次，一個班次一人。

瓦利來到坡頂，意外的是，哨站竟然無人看守。

卡修到哪去了？

值夜班的交班時間是日出後，時間應該還沒到才對。

瓦利朝四處張望，沒有見到任何人，但也沒有打鬥的痕跡，正當他開始思考是否應該去向亞沃報告這件事時，背後傳來冷淡的男聲。

「現在不是你出來散步的時候，給我滾回家去。」

瓦利回頭，只見一個如山一般壯碩的青年站在自己身後，臉上彷彿籠罩著一層陰霾。

「我要去摘野菜。」瓦利簡短地回答，頓了一下後說道：「我本來以爲卡修還在值勤，但沒看見他。」

這當然是謊話，他其實並沒有要找卡修，只不過是需要藉口離開罷了。

「那傢伙有事要做，臨時和我調班。」

原來如此，所以這個人八成是睡到一半被挖起來值勤，難怪一臉不高興。

「這樣啊，那你知道他去哪了嗎？」

「鬼才曉得，我又不是他的跟班，你想跟他討奶喝就自己去找，懂了沒？」青年低吼道，可能因爲整晚沒睡，他越來越不耐煩。

而這樣的態度也刺激到了瓦利，瓦利反問道：「你剛剛去哪了？塔木拉大哥。」

聽見瓦利的問話，青年的臉色變得更加難看。

經過了五年，他的身材也變得更加高大，但脾氣火爆依舊，稍有不對盤便和人大打出手，畢竟在部落裡，能讓他乖乖聽話的人只有亞沃和芭黛，連他的親生父親都管不了他，父子倆酒後打架時有所聞。

「啊！誰准你這麼對我說話的，你在懷疑我偷懶嗎？」塔木拉大聲咆哮，脖子青筋浮現。

「大哥別生氣，我只是隨口問問。」

「閉嘴！誰是你大哥？」

塔木拉一掌揮來，瓦利往後一退，驚險閃過，他剛來到部落的第一年，不知道吃了塔木拉多少巴掌，挨的揍也是不計其數，早就已經摸熟閃躲的時機。

「我先走了，大哥再見！」

瓦利轉身逃走，沒想到一轉身便和一人撞個滿懷，那個人似乎早就已經站在那裡了，瓦利和他相撞，他絲毫不動，但瓦利卻跌倒在地。

「你沒事吧？」

那人笑嘻嘻地向瓦利伸出手。

「沒事……」

瓦利看清與自己相撞的人的面貌後，在心中嘆了一口氣，也伸出了手。

那人並未將瓦利伸出的手握住，反而將手伸至瓦利胸前，抓住瓦利戴著的玉管，慢慢將瓦利拉起來。

「不小心點可不行喔，瓦利小少爺。」

總是與塔木拉形影不離的馬沙露出一貫不懷好意的笑容，他攤開抓住玉管的手，但繫住玉管的細繩似乎在剛剛的拉扯下鬆脫了，馬沙一放開，玉管立即往下掉落，瓦利連忙伸手接住。

馬沙勒住瓦利的頸子，向塔木拉說道：「阿塔，怎麼樣？這小子還欠你一巴掌對吧？」

被馬沙抓住的瓦利沒有掙扎，他緊抓著手中的玉管，狠狠瞪著塔木拉。

冷靜，只是挨揍而已，沒什麼大不了的。

瓦利在心中反覆告誡著自己。

塔木拉聽見馬沙的話，卻遲遲沒有動手，他只是呆呆看著瓦利，過了片刻，才突然暴怒吼道：「誰教你多管閒事了！」

吼完，塔木拉就抓著自己的石矛，轉過身，頭也不回地離開哨站。

「哎呀，都特別幫你逮住這小子了說。」

馬沙一臉無趣地鬆開手，然後裝模作樣地在瓦利身上輕輕拍打，像是要把沾在瓦利身上的灰塵拍掉。

「好啦，下次可別再被塔木拉逮到了。」

單獨和馬沙相處時，他就會對瓦利親切而禮貌，但其實他並非只對瓦利如此，馬沙是個和任何人單獨相處都很和善的人，他只有在塔木拉身邊時才會變得惡劣，故意欺負人。

簡單地說，他就是個膽小鬼。

瓦利撿起剛才跌倒時掉在地上的石矛，他的手還在微微顫抖，但並非因爲害怕，而是憤怒所致。

馬沙走進哨站，後背倚靠著竹架，雖然沒有交接，但現在大概是輪到他值勤的時間，他輕哼著曲調，完全沒有要爲自己剛剛的行爲道歉的意思。

瓦利轉過身，向山腳前進，昨晚遇見的朽屍恐怕還在樹林裡徘徊，短時間內還是別隨意進入樹林比較好。

走了一百多步，瓦利突然聽見叫喚聲，轉過頭，只見哨站裡的馬沙在對他揮手，喊了幾句話，但相隔太遠，完全聽不懂他在說些什麼。

馬沙喊完後，以右手手掌在頸上比劃了一下，然後別過身子，拍了拍自己的屁股。

完全看不懂他想表達什麼……

反正肯定是什麼奚落和嘲弄的言詞，瓦利判斷思考這種事是浪費時間，於是回過頭，繼續往前走。

亞沃曾說過，發情期的公猴會爲了取得母猴的交配權而打得你死我活，塔木拉和馬沙現在大概就是這樣的狀態，雖然塔木拉是一直都這麼凶暴，他永遠看瓦利不順眼，謝天謝地他打架沒有卡修厲害，如果第一年來到海境時沒有卡修和小黛挺身相助，瓦利早就沒命了。

至於馬沙就很明顯受到發情期的影響，他從以前就是一個狡猾的人，都待在塔木拉背後出主意，頂多在塔木拉打人時偷偷補上一腳，但這一年多來，他多次向小黛求愛被拒後，對瓦利的敵意也愈加明顯，即使他依舊沒膽在獨自一人時做些什麼，不過和塔木拉在一起時可就一點都不客氣了。

風吹起，樹上的枝葉沙沙作響，經過剛才的鬧劇，太陽早已升起，氣溫逐漸升高，瓦利一邊將汗水抹去，一邊仰望翠綠的山林。

摘野菜的地點在山腰處，走得快的話應該可以在中午前回來。

海境部落是個蒙受上天恩澤的土地，每年雨季時，雨水會從山地往下匯聚，這些雨水將山林裡動植物積累了超過半年的養分全部帶往部落的低窪地，形成一個淺水湖，當雨季結束，也是部落開始撒種子種稻米的時候。

雖然今年的雨季遲遲不來，連河道都快乾涸了，不過即使只靠山裡的野菜和去年的存糧，大概也還不至於讓部落裡的人餓肚子。

更何況，還能狩獵。

對於瓦利來說，狩獵技能是自己的保命符，只要懂得製作弓矢和設置陷阱，還有習得追蹤動物的技巧，即使有一天被趕出部落也不用擔心活不下去。

當然，自己一個人在野外很難生存，即使搞定了食物的問題，也不能保證能夠生存，最大的問題就是領地，現在外出狩獵能夠安全無虞是因爲海境部落是個強盛的部族，這一帶的土地和獵場都屬於海境，但如果一直往聖靈山的方向前進，渡過巨石河，就會進入另一個名爲「巨石部落」的地盤，越過了邊界，如果隨意對獵物出手，那名獵人的頭就會被掛在河床上。

瓦利拿起竹筒，拔開栓子，喝了一大口水。

艷陽高照，瓦利將手掌平放於眉前遮擋陽光，視野所及，皆是林木，沒有半點變化，但他仍然能感覺自己快要接近了。

終於，在穿過一大片灌木叢後，他來到了目的地。

這個地方會湧出泉水，雖然水量沒有大到能形成溪流，卻提供了野菜合適的生長環境。

瓦利隨手摘採，遇到較爲大株的野菜就用打製的石片採收，並放入竹籃內。

摘了一小段時間後，瓦利開始感覺迷惑。

野菜的數量遠比他想像的少，但已經很長一段時間沒有來採收，應該不會那麼難找才對。

再往前走了幾步，瓦利才理解這個不自然的感覺從何而來。

地面是乾燥的。

湧泉消失了，以往流遍地面的泉水不復存在，取而代之的，越往前走，地面上就越多乾枯的植物。

瓦利從一顆石頭上抓起一把黃褐色的苔蘚，輕輕用手指搓揉，枯萎的苔蘚化爲碎末落地。

瓦利並非沒有看過苔蘚乾枯發黃，但卻從來沒有見過苔蘚會這樣變成粉末。

突如其來的寒顫，瓦利打了個哆嗦。

不遠處似乎有道目光在注視著自己……

在瓦利抬起頭的那一瞬間，那個東西已經衝了過來。

是一隻朽屍。

閃避不及，瓦利本能地舉起石矛對抗，他雙手舉矛，在朽屍衝過來的瞬間往前突刺。

石矛完美地刺穿朽屍的頭顱，但就在擊中的同時，石矛前端斷裂，瓦利抽回矛桿，只見斷裂處竟然已經腐朽，木材本身從外至內不停地剝落、碎裂。

插入朽屍頭顱的前段部分，被朽屍自行拔出，石製的矛尖化爲碎片，朽屍的頭顱因爲被刺穿而形成的空洞慢慢填補、密合，有如泥漿流入凹槽一般。

這樣的景象讓瓦利震驚。

讓他震驚得連閃避都忘記了。

當朽屍再次衝過來時，他只是呆呆地看著，彷彿渾然不知那個怪物要襲擊的對象是自己。

時間似乎靜止了，但其實仍然在流動，眼前的影像只剩下朽屍那毫無生氣的面孔，隨著距離越來越近，臉上腐爛的紋路也越來越清晰……

他閉上了眼睛。

一陣劇烈的衝撞，瓦利感覺摔倒在地，可能因爲地面是柔軟的泥土和乾草，所以他並不怎麼覺得痛。他感覺朽屍雙手環抱著自己，令人驚訝的是，觸碰到朽屍的身體並不像想像中那麼噁心，它的身體感覺就像人類，但更爲柔軟，還帶有甜甜的香氣……

……香氣？

「啪！」

瓦利感覺自己臉頰上挨了一巴掌。

他睜開眼睛，只見小黛趴在自己身上，眼眶含著淚，胸口因爲劇烈的喘氣而不停起伏。

「笨蛋！快起來。」

說完這句話，小黛便一躍而起，也一把將瓦利從地上拉起來，她站在瓦利身前，從背上抽出一支石矛，兩手緊握矛桿，矛尖對準朽屍。

在陽光的照耀下，石矛竟然隱約散發著青綠色的光芒。

朽屍對著小黛張牙舞爪，卻一直沒有往前進，過了一會，瓦利才發現它並非不想前進，而是連邁出一步都沒辦法，因爲它身體側邊被插入了一支石矛，令它動彈不得，只能拚命掙扎。

那支石矛的主人，是卡修。

一如往常，卡修臉上帶著微笑，但他的眼神卻沒有絲毫鬆懈。

在卡修的對面，白髮蒼蒼的老獵人亞沃走近朽屍，手上高舉石矛，對準朽屍的頭部——

——刺入——

朽屍癱倒在地，一動也不動。

而它的身體，似乎開始崩解，彷彿有煙霧升起。

但亞沃和卡修並未將石矛抽回。

另一個人影出現，前任海境部落的祭司芭黛走到朽屍旁，她從跟在她身後的現任祭司法甌手中接過一只陶瓶，然後將陶瓶瓶口傾斜。

清水流出，滴落在朽屍身上，朽屍淋到水，原本冒出的煙霧突然大增。

芭黛神情肅穆，口中唸誦著未曾聽過的話語。

幾次呼吸的時間後，煙霧散去，地面空無一物，剛才那窮凶惡極的怪物就像不曾出現過一樣地消失了。

眾人鬆了一口氣。

瓦利還沒回過神來，手腕就被小黛緊緊抓住，她拖著他來到一處山壁前。

「你怎麼會在這裡？」小黛向他質問道。她臉上的表情讓瓦利感到非常驚訝，那是他從來沒在小黛臉上見過的表情。

驚慌、不安。

「……我出來採野菜。」瓦利回答了他不久前回答塔木拉的答案，說完後立刻覺得自己實在是蠢到家了。

「我父親昨晚就下令所有哨站禁止任何人外出了。」小黛瞪大眼睛，不死心地繼續追問：「沒有人阻止你離開嗎？」

瓦利搖搖頭。

然後他才突然想起今早塔木拉說的第一句話，還有馬沙在自己離開時的怪異動作。

他們其實有警告自己，但自己都把那當成和平日一樣的挑釁。

他嘆了一口氣。

「抱歉，他們有阻止我，但我……我當時沒聽懂，對不起，我不知道禁止外出。」

說完瓦利伸出手，想要牽住小黛的手，卻被她給一掌甩開，接著她便轉身離去，留下一臉錯愕的瓦利。

「她很生氣喔。」卡修經過瓦利身旁，拍拍他的肩膀，但臉上卻不知爲何流露出羨慕的表情。

這時，亞沃走上前來，將手中的石矛扔給瓦利，瓦利伸手接過。

「跟上，我們還有工作要做。」

只拋下短短一句話，亞沃便轉身離開。

瓦利看向亞沃拋給自己的石矛，發覺這支石矛與一般的石矛不同，它更輕，矛頭也磨得更加銳利。

矛頭並非一般的石材，而是玉石，這是一支玉矛。

玉石製的矛尖，正在隱隱約約地散發著青綠色的光。

3

「我們從深夜一直搜索到今天早上，一共解決了七隻。」

卡修坐在石頭上，腳邊放著柴堆，他正敲擊著打火石，將乾草點燃。

瓦利坐在他對面，把一個裝滿水的陶罐放在剛生起火的柴堆上，然後轉過身，把他剛才獵到的竹雞放血。

在山腰撿回一條小命後，瓦利便跟著亞沃一行人步行至巨石河邊，因為攜帶的水已經所剩無幾，必須補充才行。

此時接近正午，亞沃決定暫時待在此地用餐休息，由於一整夜沒睡，所有人都感到非常疲憊，所以瓦利便負責狩獵。他沒有帶自己的竹弓出門，只能向亞沃借用，運氣出奇地好，很快就捕到三隻竹雞，雖然體型不大，但也夠所有人吃了，何況大家都隨身帶著乾糧。

除了亞沃、卡修和前任、現任、未來的海境祭司外，一行人中還有一個狩獵團的成員，是一個名叫瓦吐克的資深獵人，他是亞沃的得力助手，平日以開朗和酒量著稱。

但今天，瓦吐克的臉上完全看不見一絲一毫開朗的影子，他抱著玉矛坐在角落，雙目布滿血絲，盯著地面。

「瓦吐克怎麼了？」瓦利低聲向卡修問道。

卡修搖搖頭，臉上也籠罩了一層陰影，但很快地他就恢復正常。「小黛向芭黛婆婆報告你們昨晚的遭遇後，芭黛婆婆就帶我們去把玉矛取出來，然後進行儀式。」

「儀式？你是說她剛剛用來對付的咒語？」

「剛剛婆婆唸的不是咒語，只是單純的祈禱文，希望朽屍可以回歸大地，不再作惡。」

瓦利點點頭。卡修繼續說道：「婆婆向祖靈祈禱，讓我們使用玉矛來破除邪惡。你剛剛和朽屍交手過，也看到了吧，普通的武器根本殺不了那怪物，朽屍只怕水和玉石。儀式完成後，亞沃爺爺才召集狩獵團，選出我們幾個來進行搜索，但我們這時候才發現那些玉矛的矛桿都已經爛掉了，只好趕快修理。」

「你們應該告訴我才對，我前幾天才做了幾支矛桿，可以幫得上忙。」

對於製作獵具，瓦利有充分的自信，畢竟他曾廢寢忘食地磨練過。

聽見瓦利的話，卡修突然笑了起來。

「你當然幫得上忙，你拿到玉矛時，沒有覺得握感很熟悉嗎？」

「咦？」

瓦利望向玉矛的矛桿，它表面的紋路與色澤逐漸與數天前的記憶融合起來。

「難道……」

「因爲時間緊迫，亞沃爺爺就直接把你做的矛桿拿來用。你可以更自傲一些，因爲揮舞起來眞的很順手。」

卡修壓低聲音笑著。

「本來我提議要你也跟著來，因爲不管怎麼說，你和小黛都是最先發現朽屍的人，而且你整天待在野外，對於這附近的地形應該非常熟悉才對。但小黛堅決反對，她說你昨天在野外狩獵了一整天，已經累了，不應該加入。」

瓦利偷偷望向小黛，她坐在河床上的一顆巨大岩石上，和她的母親與祖母一起，她們似乎在討論重要的事情，小黛和法甌的頭一直低垂著，專心地看著芭黛的手在岩石上比劃。

「爲什麼不多派一點人？」

瓦利回過頭，問道。

「就算有玉矛，對付那樣的怪物，只靠這幾個人也太危險了。」

近身戰鬥的風險遠比使用弓箭來得高，如果要倚靠矛來殺死獵物，通常不會是一對一，像是獵捕野豬時，拿矛與野豬單挑絕對是愚蠢的做法，稍有不愼就很有可能受重傷。

「我們當然知道，不過部落裡的玉矛總共只有十支，不能全部帶走，否則一旦朽屍在我們搜索時跑進部落裡，族人就沒有武器能夠對抗它們。」

卡修眼神暗淡了下來。

「我們出發時，總共是八個人，除了你現在看到的人以外，還有瓦察拉和拉蓋，他們兄弟倆和瓦吐克從小一起狩獵到大，我們都認為這樣的組合沒有問題……後來我們在樹林裡失去了拉蓋，瓦察拉也受了傷，小黛就接手了拉蓋的玉矛，然後在遇到你之前……」

卡修指著瓦利腳邊的玉矛，說道：「那支原本是瓦察拉的，他的傷口發黑，無法止血，還一直往外擴散，不管用火燒還是澆水都沒用，芭黛婆婆說如果把傷口切掉可能有辦法治療，但我們沒辦法切除，他的傷口在頸部……我們就看著他一直流血，直到斷氣，後來我們用水清洗他的屍體，擴散才終於停下。」

一片靜默。

火堆中響起微小的爆裂聲。瓦利回想起曾和拉蓋與瓦察拉說過的每一句話，那並不困難，他們不常和瓦利交談，但瓦利很驚訝自己居然對於他們的笑聲印象深刻。

陶罐裡的水沸騰，開始冒出大泡泡，瓦利提起連接在陶罐雙耳上的繩索，將其拎至河床內的淺水區放置，令其快速冷卻。

當瓦利回到火堆時，卡修卻已經不見蹤影了，不過似乎也沒看見亞沃，可能他們兩人還有些事要做。

瓦利腦海中不由自主地浮現出屍體的畫面，他連忙甩甩頭，想將這些畫面拋開。

此時，烤竹雞的香味從火堆中傳出，如果不能好好把腦袋清空，恐怕會食不下嚥。

瓦利自己倒還無所謂，但其他人，是應該要好好飽餐一頓了。

預留了亞沃和卡修的食物後，瓦利準備將烤好的竹雞分給其他人，他首先來到瓦吐克面前，瓦吐克在歇息了一陣後總算稍微回過神來，他接過竹雞肉，並向瓦利點了點頭。

瓦利帶著剩餘的竹雞肉來到祭司們所在的大岩石，當他把盛著肉的芋葉放下時，小黛突然站起身來，從瓦利身旁繞過，然後離開。

在她離開前，瓦利很清楚地感覺到自己的腳被她用力踩一下。

被留下來的剩下兩名祭司圓睜著眼睛看著瓦利。

「對不起……」

瓦利丟下這句話，然後就往小黛離開的方向追去，雖然他也不懂自己爲什麼要道歉。

小黛並沒有跑離很遠，她走到水邊，剛才瓦利放置陶罐的地方。

瓦利來到她身後，苦惱著應該如何開口。

「卡修告訴我拉蓋和瓦察拉的事了……抱歉……」最後他還是決定再道歉一次。

「……我生氣不是因爲你犯錯。」小黛輕聲說道：「而是他們就在我面前死去，但我卻什麼都做不了。」

「……那不是妳的錯。」

「與對錯無關，祭司應該保護每一個族人。」

「妳還只是學徒……而且妳保護了我。」瓦利坦然說道。

「……那是私心。」小黛的語氣彷彿在顫抖。「我衝出去的時候腦袋一片空白，如果當時我多花一點時間思考，你現在就會和他們一樣是一具冰冷的屍體，我無法忍受你像他們一樣死去。」

瓦利張大了口，腦中嗡嗡作響。

她說了什麼？

那是什麼意思？

此時背後響起涉水聲，瓦利轉過身，只見芭黛和法甌也跟了過來。

她們有沒有聽見小黛剛剛說的話？

芭黛慢慢走到小黛身邊，一如往常，她布滿皺紋的臉上仍然帶著微笑，她伸出手撫摸小黛的臉，替她拭去臉頰上的淚水。

「在我年輕的時候……不過當然不是像妳這麼年輕，當時我已經結婚多年，生了五個孩子，每天都被歡笑和哭鬧聲包圍，我本來以爲人生會就這樣繼續下去……」

芭黛牽起小黛的手，帶著她回到河畔。

「直到有一天，瘟疫來了……它帶走了許多強壯的勇士和美麗的女孩，也帶走了我的五個孩子，我那時才知道，原來死亡一直離我們這麼近，等到我們鬆懈的那一刻，它就會毫不猶豫地將我們帶走。」

我知道這樣的景象，瓦利心裡想著，那些慘叫和哀號彷彿又在他耳邊響起。

「最後，瘟疫連當時的海境祭司，也就是我的母親都帶走了，我成了新的祭司。我應該要進行儀式，應該要治療那些生病的人，但我做不到，雖然我的修業已經完成，可是我承擔不了這麼重大的責任，我只能繼續磨碎草藥，試著讓病患舒服一點，但這些方法救不了他們的命……」

「後來呢？」小黛開口問道，她隱約記得小時候曾經聽過這個故事。

芭黛微笑，開口說道：「就在一切希望都要消失的時候，有一個男孩被送來了，他還不到五歲，症狀和其他人一樣，發著高燒，吃不下食物，身上浮現奇怪的色斑。得到瘟疫會非常痛苦，只能一直衰弱至死，但這個男孩，他看到我這麼傷心，就跟我說，不要難過，他即將和祖先們一樣，化爲雲豹，永遠住在聖靈山上，如果想念他，就眺望聖靈山吧，他會和祖靈們一起守護著海境部落。」

隨著芭黛述說的故事，恐懼似乎如同雲霧一般，被河谷中的強風驅散，瓦利站在小黛身旁，瓦吐克不知何時也來到了河岸邊，他的雙目紅腫，但神情沉靜。

「拉蓋和瓦察拉已經化爲雲豹，回到祖靈的身邊，他們可以抬頭挺胸地向祖靈報告，他們如何與邪惡對抗，爲了守護海境部落而死。」

雲豹。

爲什麼是雲豹？

瓦利想起那個在海上的奇異經歷，心中充滿疑問，但他不敢說出口。

海境人對於雲豹有堅定的信仰，即使他們從來無法證明祖靈能夠變成雲豹。而瓦利親口和雲豹說過話，但他並不是眞正的海境人，他不相信人死了會變成動物，更何況在他原本的家鄉，雲豹可是會把落單小孩抓走吃掉的猛獸。

匆忙的腳步聲從樹林中傳出，是亞沃和卡修。

他們臉上帶著憂慮。

「我們必須去一趟死亡谷。」亞沃向芭黛說道。

4

塔木拉從坡道走回狩獵小屋，臉上仍帶著怒氣。

另一個狩獵團的資深獵人告訴他，待會要到廣場上集合，所以他先來到這裡整理裝備。

一張臉孔在塔木拉腦中浮現。

那個冒充瓦利的混蛋。

塔木拉想起帕娜的臉，在他小時候被喝醉的父親毒打一頓逃出門時，是帕娜抱著他回家，逼著他吃到撐飽肚子，還幫他把破爛的衣服換成新的。

而且，帕娜還會告訴塔木拉，關於他的母親的故事，那個塔木拉從來沒有記憶的母親。

帕娜和他的母親是兒時玩伴。

塔木拉討厭被人同情，只有帕娜是例外，因爲帕娜的關愛不只是廉價的同情，她眞心愛著每一個孩子，就像亞沃都嚴格地教導每一個學生。

當六年前那個悲劇發生時，塔木拉聽見父親在家中大聲嘲笑亞沃和帕娜，認爲他們活該，認爲他們被詛咒。

但塔木拉知道，父親只是希望每一個人都和他一樣不幸，他曾經是名強悍的戰士，卻在與巨石部落的戰爭中被俘，雖然僥倖保住性命，但也瘸了一條腿，往後的人生他就一直沉溺在自怨自艾之中。

那一天，塔木拉第一次揍了父親，不過他當然打不贏，還反過來被痛揍了一頓。

但塔木拉不後悔。

敢嘲笑帕娜和亞沃的人，就該挨他的拳頭。

還有瓦利，塔木拉不只一次偷偷為瓦利流淚，一直以來，他都把瓦利當成自己的弟弟，他不能接受像瓦利這麼善良的孩子居然會遭到如此悲慘的厄運。

但過了一年後，現在這個自稱瓦利的冒充者出現了。

塔木拉氣得幾乎想要捏死這個傢伙，只是顧慮到帕娜，所以遲遲沒出手。

但他總有一天會撕下這個冒充者的假面具。

帶著怒氣，塔木拉走出狩獵小屋，來到廣場。

今天的氣氛特別緊張，因為朽屍居然跑到海境部落附近的樹林裡。

本來塔木拉半夜被叫醒時還有點半信半疑，但芭黛夜裡特別把多年不用的玉矛拿了出來，包括亞沃在內的一群人把矛頭換上新的矛桿，然後組成搜索隊，往部落外前進時，他才終於相信這是真的了。

塔木拉沒有等待很久，枷道很快就來到廣場，開始分發玉矛，塔木拉是其中之一，他和其他手持玉矛的獵人的任務是，在部落內四處巡邏，一發現朽屍入侵就吹響佩戴的竹笛。

就在塔木拉接過玉矛時，部落外圍的山坡上，傳來了陣陣木鼓聲。

第三章・先民

1

三年前，深秋。

「從前，這塊土地屬於神靈與動物們。」

部落的田地在收割後成爲一片空曠的廣場，芭黛坐在一棵橫倒在地的樹幹上，四周圍繞著孩子們。

瓦利也在其中，他顴骨還紅腫著，雖然帕娜已經替他擦了藥，但仍然很疼。

我不小心跌倒了，瓦利這樣告訴帕娜。其實他也沒說謊，因爲這個傷並不是塔木拉揍的，而是在逃跑的過程中被馬沙絆倒，是貨眞價實的「摔傷」。

明天還是待在家裡吧，至少塔木拉不會跑到家裡來找麻煩，雖然他討厭瓦利，但似乎不曾對帕娜動粗過。

小黛坐在他身旁，她原本和其他女孩坐在一起，但就在芭黛說故事的過程中，不知不覺移了過來，她仰著頭，專心地聆聽著。

「直到有一天，人類出現了，不……不是我們……首先踏足這塊土地的人類，我們稱他們爲先民。

先民非常聰明，他們發現了從大地汲取力量的祕密，但他們並未使用那個力量來讓生命更美好，而是爲所欲爲，讓貪婪腐化他們的心，他們挖空山脈，只是爲了在山脈中建造壯觀的居所，他們讓湖泊的水流乾，只是爲了抓最肥美的魚來吃，他們囚禁所有的動物，只是爲了方便取得毛皮。

可是，從大地中汲取力量要付出代價，大地的力量被抽光就會變成荒地，再也長不出樹木。但先民們毫不理會，他們濫殺，浪費，永遠無法被滿足。直到有一天，他們覺得自己不需要和這塊大地共同生存，他們可以獨佔這個力量，於是他們研究了一個方法，要把從大地中汲取的力量，轉移到他們自己身上，讓自己獲得永生，他們自信滿滿，認爲一定會成功。

但是他們失敗了，人就是人，人並沒有能夠承載大地之力的器量，先民的法術反而讓自己變成了怪物——朽屍，他們施法的山谷也永遠成爲詛咒之地——死亡谷。

雖然先民們是自作自受，但也同時禍害了大地上的所有生物，朽屍的身體會腐蝕花草樹木，讓生命化爲煙塵，死亡谷的擴散會讓森林和草原消失。

大地女神不忍心見到她所愛的大地化爲荒漠，於是，她越過海洋，在其他土地上找到了海境部落和其他部落的祖先，希望祖先們能夠合力消滅朽屍，讓大地重回原貌。

爲了讓祖先們能夠來到此地，大地女神爲祖先提供樹木，讓他們造船渡過大海，甚至將海面降下，讓某些部落得以通行，最後，當所有部落都齊聚在這片土地上時，大地女神落下了一滴眼淚，那是她對於先民最後的憐憫，畢竟沒有人會想要變成朽屍那種怪物，死亡才是對它們的仁慈。

對付朽屍必須用水，因爲水代表著生命的循環，可以消去先民的永恆詛咒，但水沒有形體，祖先們沒辦法拿水當武器，所以女神用她的眼淚爲我們造了一座湖。

那滴眼淚形成的湖泊，是這片土地最爲翠綠的湖，但它和一般的湖泊不同，它隱藏在山谷中，湖水和山谷的巨石融合在一起，成爲了玉石，玉石和水一樣可以消除先民的詛咒，祖先們以玉石作爲武器，終於將朽屍消滅，然後祖先們也在此定居下來。」

孩子們的歡呼聲響起，但這時有一隻手舉了起來。

「可是……爲什麼死亡谷裡還有朽屍呢？」

提出問題的是卡修。

芭黛點點頭，說道：「是的，雖然大部分的土地都恢復了原狀，但是就是有一些地方無法復原，死亡谷就是其中之一。我想大地女神是爲了讓我們記取教訓，以免踏上先民的不歸路。我們海境部落生活在女神恩澤的土地上，種稻、狩獵、開採石材、砍伐樹木與竹林，切莫像先民一樣驕傲自大，濫用自己的能力。」

2

瓦利望著遠處的死亡谷，想起了三年前芭黛講述的故事。

死亡谷距離海境部落並不算遠，中間僅以巨石河分隔，谷中遍布礫石與泥沙，但外側卻被森林包圍，從遠處看去，就像是山脈被割了幾道難看的灰色傷疤。

在死亡谷中，有朽屍步履蹣跚地走著，和多年前瓦利所看見的一樣，只是，現在朽屍的數量比當年多了好幾十倍。

在昨天之前，瓦利一直以爲朽屍動作很慢，直到它往小黛丟出的內臟追去，因爲在死亡谷中的朽屍走路都是慢呑呑的，很多時候還常常停在原地不動。

「因爲死亡谷的大地力量已經幾乎被耗盡了，所以朽屍無法從中汲取到太多力量，但是讓它們踏上普通的土地，它們的力量就會增強。」小黛向瓦利解釋道。經過芭黛的一席話後，她已經恢復成平日那個冷靜的黛拉絲了。

「既然如此，那爲什麼它們以前不離開死亡谷？」

待在一個會讓自己衰弱的地方，也太不合理了。

「如果它們還是人類的話，或許會這麼思考吧，但事實是，朽屍早已不再是人類，它們只剩下本能和慾望，過去都是本能驅使它們留在這裡，至於爲何現在它們卻到處亂跑……我們討論後，認爲是因爲乾旱。」

去年在夏季過後幾乎沒有下雨，而今年雨季又遲遲不來，巨石河都淺得能夠涉水而過了。只是，河水淺歸淺，水對朽屍來說依然是不可碰觸的存在，那麼它們到底是怎麼過河來到海境部落？

這個疑問在靠近死亡谷的河床處得到了解答。

河床被水流分割成十幾個小水道，每一個水道都只有不到一跨步的距離。不知爲何，河床上還覆蓋著灰色的泥塵。

當亞沃領著他們來到河床時，正好有幾隻朽屍剛渡過河，它們踏上河床後彷彿恢復了活力，輕輕一躍就跳過了水道。

亞沃握起玉矛，往前奔去，瓦利、卡修和瓦吐克連忙跟上，小黛則帶著芭黛和法甌來到岸邊的空曠地，以防附近有朽屍突襲。

亞沃凌空一刺，正中一隻想要上岸的朽屍頭部，他反手一揮，將那隻朽屍給甩進水道中，水道上立即冒出一陣煙霧。

朽屍的要害和人類一樣，位在心臟和頭部，可能跟它們以前曾是人類有關係。

另一隻朽屍跳了過來，看見瓦利一行人，變得非常興奮，一躍而起，伸手在空中亂抓。

被它碰到，就是死。

瓦利想起卡修說過的話，連忙閃避，與朽屍拉開距離，他繞著朽屍兜圈，然後趁隙一矛戳進朽屍的大腿，在他得手的同時，卡修也把玉矛刺進朽屍的頸部，兩人對望一眼，同時將矛舉起，把被刺穿的朽屍扔進水道。

一旁傳來呼喝聲，瓦利轉頭，只見瓦吐克竟一個人對抗兩隻朽屍，他左躲右閃，每次都驚險避開朽屍的攻擊，還能在閃避後反擊，可惜玉矛屢次刺出都戳得不夠深。

瓦利和卡修正要上前，卻見一支玉矛擲出，後發先至，正中一隻朽屍的後背，朽屍被玉矛射中，雖然沒有立即化爲煙霧，身體卻僵直不動。

除去一側的威脅，瓦吐克壓力大減，他往後一躍，收回玉矛，等待朽屍撲上來，才往前一戳，將朽屍戳倒在地，兩隻朽屍都動彈不得。

一道身影衝上前，卻是亞沃，他拉開竹筒的塞子，將水灑在朽屍身上。

煙霧升起，確認所有朽屍都消滅了，亞沃拔起他剛剛擲出的玉矛，仔細檢查了一下，確認有無破損。

「爺爺，它們又來了！」

亞沃聽見小黛的喊叫，抬起頭來，只見河岸對面的死亡谷又有好幾隻朽屍嘗試渡河。

「沒完沒了，這些該死的怪物。」亞沃咒罵著，抓緊玉矛飛奔上前，其他三人緊跟在後。

他們來到一處沙洲，這裡是十幾條水道中最寬闊的一條，也是朽屍過河時的必經之處。

他們四人分散開來，卡修和瓦利分別跳入水中，水深只及小腿，他們連續刺擊，將想要躍過水道的朽屍刺進水裡，亞沃和瓦吐克則留在沙洲上，將躲過他們刺擊的朽屍打倒。

這個方法奏效了，但不知爲何，聚集在岸邊的朽屍竟然越來越多，它們彷彿地震時遷移的老鼠，冥冥之中有股無形的力量在牽引著它們。

瓦利手腳痠軟，他用了全身的力氣去揮動玉矛，盡可能不要放掉任何一個，這本來是一件簡單的工作，但時間一拉長，再強壯的胳臂都會沉重得像石頭。

如果朽屍一直跳過來，難道要永遠守在這個地方？

瓦利喘著氣，腦中飛過無數念頭，但都是些不切實際的空想。

後方傳來細微的交擊聲，瓦利轉頭看去，只見三名祭司的身邊不知何時出現了好幾隻朽屍正包圍著小黛，她揮舞著玉矛，不讓朽屍靠近她身後的芭黛和法甌。

瓦利忽然感覺手中一輕，回過頭來，只見自己無意識刺出的玉矛太過靠近水道的岸邊。

芭黛和法甌趴倒在地，生死不明。

朽屍群聚的岸邊。

一隻朽屍抓住了刺向自己的玉矛矛柄，矛柄在接觸到朽屍手掌的同時快速腐蝕，崩解。

矛頭掉入水中。

不行了……

瓦利握著對朽屍沒有任何作用的矛桿，後退一步。

「堅持住！」亞沃大吼。

他躍入水中，接替了瓦利的位置。瓦利一呆，立即反應過來，往矛頭掉落的位置衝去，小心地避開朽屍們亂揮亂舞的手臂，撿起自己的矛頭。

拿回矛頭，瓦利快步奔回岸上，站在瓦吐克身旁，他正和一隻朽屍纏鬥。瓦利抓緊矛頭的尾端，將矛尖刺進那隻朽屍的後頸。

這時，地面忽然開始震動，空氣中傳來高亢的歌聲，河道內原本涓秀的水流此時居然暴漲了起來。

水花四濺，河道中所有水流一齊衝上半空。

水花濺射到河床上的每一隻朽屍，煙霧升起，所有朽屍開始崩解，它們爭先恐後地奔回死亡谷，但都在還沒回到岸上就灰飛煙滅。

歌聲繼續唱著，水流下降，但原本清澈的流水冒出陣陣白霧，白霧蔓延，慢慢淹沒整片河床。

「快走。」

亞沃一聲令下，四人快步奔回岸邊。

小黛手持玉矛，看起來毫髮未傷，在她身邊的芭黛和法甌已經站起身，原來她們剛才是爲了法術儀式而趴倒在地。她們高聲歌唱瓦利聽不懂的詞句，同時揮舞著雙臂，踩踏著節拍。

直到整片河床上都充滿著白霧，芭黛和法甌的歌聲開始放慢，就在此時，小黛也加入了收尾的合唱，三道聲線最終歸於一。

最後，白霧閃耀了一次光芒，施法終於結束。

歌聲停歇，河面完全被白霧覆蓋。

「成啦。」芭黛面露微笑，「它們暫時過不來了，但不能大意，一旦河水完全枯竭，霧氣就會消失。不過就算還有河水，這個法術最多也只能持續七天，必須在這之前找到方法……」

勉強將話說完，芭黛隨即昏了過去，眾人大驚失色，幸好在她的左右兩邊是法甌與小黛，早就有所警覺，立即扶住了她。

「只是施法後太疲累罷了，沒事的。」法甌向亞沃說道，但臉上難掩愁容。

「這樣也沒辦法繼續搜索了，先回部落吧，但一路上還是得謹慎。」亞沃低聲說道。

眾人點點頭，卡修彎下身，讓芭黛趴在他背上，瓦吐克走在最前頭開路，一行人踏上返回海境部落的路途。

離開河畔前，瓦利轉頭望向死亡谷，只見在河的另一側，山谷中布滿了密密麻麻的朽屍，一動也不動地靜靜佇立著。

3

迎接亞沃一行人歸來的，是一座空蕩蕩的哨站。

此時還未日落，應該還沒換班才對，但完全看不見本來應該在值勤中的馬沙的身影。

「瓦吐克，你留下，如果還有朽屍或敵人過來，不必硬拚，先敲響木鼓。法甌，妳和芭黛待在這裡，在我們回來之前，不要離開。」亞沃下令。

瓦吐克點頭答應。

接著，亞沃轉向三名年輕人，「其他人，跟我來。」

四名獵人以飛快速度在坡道上狂奔，到處都看不見人影，但這並不代表族人已經被殺光了，海境部落有自己的一套禦敵措施，當外敵入侵時，全部的人都會自動前往廣場，那裡雖然地處低窪，但容易集合，附近還有狩獵小屋，屋裡有武器，就算眞的應付不了也能夠退入耕地，並從耕地後方的山坡逃離。

經過十幾棟房舍後，他們看見了亞沃的家屋，瓦利和小黛跳下斜坡，門沒有關上，瓦利衝進屋內，只見屋內空無一人，但與剛才經過的屋舍不同，這裡沒有一絲一毫打鬥過的痕跡，連放在地上的陶瓶都沒有移動過。

「她一定和大家一起去避難了。」小黛對著瓦利說道。

瓦利默然無語，望向走進門的亞沃，亞沃面無表情，但看見屋內的景象後，似乎也鬆了一口氣。

四人離開屋舍，來到部落的主要道路。

從這條道路上，可以直接眺望廣場。

遠遠看去，廣場上擠滿了人，但並非有秩序的集合，從動作看來，他們非常驚慌。

四人加快速度，一路奔跑至廣場，廣場上四處響起了哭號聲，人群三三兩兩地聚集在一起，圍住躺在地上的傷患，卻都不曉得該如何治療。

亞沃看向小黛，小黛心領神會，轉身跑開。

瓦利環顧四周，想尋找自己熟悉的臉孔，但很快他就發現，在一片混亂中想要辨識人臉是一件極爲困難的事，更何況許多居民都披散著頭髮，更增加了區別的難度。

「大家鎭定下來！」亞沃大喊，他站上柴堆，高舉手中的玉矛。

一連喊了三次後，廣場中的居民終於安靜了下來，他們紛紛轉過頭來，看見是亞沃，原先驚慌的表情明顯地緩和了許多。

亞沃再次大喊：「現在誰負責指揮這裡？」

遠處響起人聲，幾名手持玉矛的男人穿過人群，跑了過來。

總共有三個人，都是瓦利熟識的獵人。

「它們不知道從哪裡跑出來的，所有哨站都沒發出通報。」

「我本來和頭目在一起，疏散居民到廣場後，他就不見了。」

「還有很多人沒過來，但是我們又不敢去找人，怕一離開朽屍就過來了。」

獵人們七嘴八舌地向亞沃報告情況。瓦利焦急地站在一旁，他想提出問題，但完全沒有插嘴的機會。

瓦利看向卡修，他在廣場找到了他的家人，除了他的父母外，還有他的弟弟妹妹們，不過大多數是妹妹，卡修只有一個和他相差三歲的弟弟，之後出生的六個小孩都是妹妹，他和父母說完話後，好不容易才從一群小女孩包圍下脫身。

瓦利和卡修打過招呼後，往人群跑去。

如果帕娜在廣場中，那一定會聽見剛剛亞沃的喊叫。

已經過去一段時間了，帕娜還沒出現，那就代表她不在這個地方。

一想到這件事，瓦利就感到心煩意亂。

這時，他忽然看見在廣場的角落，瑟縮著一個人影。

他不及思索，立刻追了上去。

那個人見到瓦利朝自己奔來，嚇了一跳，連忙轉身逃跑，但廣場上的人實在太多，跑沒多遠他就被瓦利給追上了。

瓦利一把抓住那個人的腰際，將他撲倒在地。

「馬沙！你幹什麼？你爲什麼要逃走？」瓦利大聲問道。

馬沙因爲摔倒痛得尖叫，他用力推開瓦利，想要站起身來，但手反而被瓦利抓住，瓦利將他的手肘翻至背後反折，痛得他拚命求饒。

「我不是故意要逃走的，眞的！相信我……」

「你在說什麼？」

「朽屍……那些怪物把他們包圍住了……我手上只有普通的石矛……我不是不想戰鬥……但那些怪物好可怕……」

「誰被包圍了，快說！」

「原諒我……我眞的不是故意要逃走……」

面對馬沙的語無倫次，瓦利感覺自己的眼睛快要噴出火來，他一拳揍在馬沙臉上，吼道：「他們在哪裡？」

馬沙小聲地說了一個位置。

瓦利拋下他，抓起玉矛便拔腿狂奔。

他穿過廣場上的人群，一路上小黛和卡修的身影一閃而過，然後經過了亞沃身旁，他依然沒停下腳步，獨自衝上坡道。

他並不像從小生長在海境的孩子一樣熟悉每一棟屋舍和小徑，但他有自己的認路方法，海境的每一棟房屋都比鄰排列，他知道他要前往的那一棟屋舍外有什麼。

最後，他在一棵楓香樹前停下腳步，樹旁有一整排屋舍，每棟屋舍的屋頂都相連在一起。

這一列屋舍的最末端，有一間小小的家屋。

瓦利快步走去，越往前走，血腥味就愈加濃厚。

家屋的門沒有關，一個女人倒在門口。

準確地說，倒在門口的是她的上半身，鮮血染紅了鋪設在地面的石板。

儘管面容因爲恐懼而扭曲，但瓦利還是很快地就認出了她的身分。

菈碧，是雙胞胎菈蒂可和莉茱可的母親。

在她的丈夫過世後，這十幾天來她都一直臥病在床。

大概是在睡覺時被襲擊，然後才拚命爬到門口來吧。

瓦利伸手替菈碧闔上眼睛。

此時，旁邊的草叢忽然傳來微弱的呻吟聲。

瓦利站起身，上前察看。

只見草叢內躺了一名壯碩的青年，在他身旁，有三隻朽屍交錯橫躺著，三隻朽屍的頭顱都開了一個洞，顯然是被玉矛刺穿過，已經沒有行動能力，正在慢慢地化爲煙霧。

而那名躺在草叢的青年，是握著折斷玉矛的塔木拉。

他一息尚存，但很顯然已經無法救治了，朽屍在他的額頭、胸膛都留下了傷口，那有如燒焦般的黑色傷口仍在繼續擴散，並且越來越深入。

他看見瓦利走近，艱難地張開口：「是你啊……冒充瓦利的小子。」

「塔木拉大哥……」

「我不是你大哥……我討厭你這個傢伙……」

「我知道。」

瓦利在塔木拉身旁蹲下，握緊玉矛，他沒有什麼可以做的了，最好的方式就是送塔木拉一程，讓其免於受苦。

但是，塔木拉似乎還有話想對他說。

「老實回答我……小子……你到底是誰？」

「……我……」瓦利語塞，他不知道該如何回答。

但塔木拉似乎並不在意，他繼續說著：「算了……無所謂……不管你到底是什麼人……我都要告訴你……你的運氣很好……能夠成爲帕娜的孩子……我很嫉妒你……」

瓦利面露驚訝。

「……記得……永遠都要……保護……」

說到一半，塔木拉的呼吸突然急促起來，連續吐出兩口氣後，他的眼睛，永遠失去了焦點。

瓦利站起身來，跟隨著地上的移動軌跡，繼續往草叢深處走去。

草叢後方連接著另外一排屋舍，四周一片寂靜，瓦利跟著足跡往前，來到一戶房舍的屋簷下，在那裡，有五個孩子蹲在地上，拚命用手摀住嘴巴。

其中包括了菈蒂可和莉茱可。

她們看見瓦利，立即向他跑來。

順著她們的指引，瓦利繞到這棟屋舍的後方。

倚靠著斜坡，有一個女人倒在地上。

她的右手，握著一根裂開的玉管，玉管插在一隻幾乎快要消失的朽屍頭顱中。

雖然她的身體已經被朽屍侵蝕得能清楚看見骨頭，即使如此，她也完全沒有鬆開手。

「帕娜……」瓦利低聲喚道。

4

亞沃一直待在石板棺旁，他把裝滿酒的小型陶罐放在帕娜慘不忍睹的身體旁邊，帕娜穿著法甌新縫製好的衣服。在穿上之前，她們用水沖洗過帕娜的遺體，消除了她緊抱著的那隻朽屍所帶的詛咒，否則遺體一碰到衣服，就會把衣服腐蝕。

帕娜也佩戴著玉飾，雖然法甌想盡量替她全部穿戴上，但帕娜連耳朵都沒了，最後只能把玉石耳飾放在她兩耳原本該在的位置。

營火生起，映照在耕地上一個接一個的坑洞中，坑洞裡擺放著石板棺，每位往生者的腳都朝向聖靈山——祖靈棲息之地。

芭黛站在營火邊，帶領著女人們吟唱著安魂曲，曲調悠揚、緩慢而莊嚴。

「他們並不寂寞，他們的靈魂化為雲豹，與祖靈們一起在聖靈山的樹上安眠，從此再也不會懼怕，因為邪惡再也傷害不了他們。」

芭黛一邊誦唸著禱詞，一邊將陶杯斟滿酒，她依序將小陶杯扔在每一具石板棺前面的火堆之中。

二十一具石板棺，二十一杯酒。

酒水落入火堆，頃刻間蒸發，化為白煙，陶杯則沒入灰燼中，再也看不見。

「現在，靈魂已經離去，回到祖靈的家，而殘破的身體就還給大地女神吧。」

歌聲再次響起，人們在石板棺上覆上了大塊的石板，然後填上土壤。

瓦利揮動著石鋤，看著裝有帕娜的石板棺慢慢被泥土掩埋。

他只在石板棺裡放了幾個陶紡輪，如果說帕娜需要什麼，那應該就是織布的工具了，她總是在幫瓦利和其他的族人們做衣服。

菈蒂可和莉茱可跪在最遠的位置，菈碧的石板棺裡沒有太多東西，法甌給了她們一些酒，讓她們注入陪葬用的小陶罐，小黛替菈碧的手腕套上一只玉環，雙胞胎則為自己的母親以陶珠串了一個頭飾。

不久前，她們才在這裡埋葬了自己的父親。

從那天之後，她們一家的生活就陷入困頓，雖然部落會供應她們糧食，但也僅足果腹而已，後來菈碧久病不癒，雙胞胎便到處幫人打雜換取更多食物。有一天，她們找到了帕娜，帕娜給了她們一些禽蛋和野菜。今天早上她們和帕娜約好了要來學習紡線，等到她們能夠自己織布的那天，就再也不必靠人援助了。

然後，朽屍突然出現在部落裡，帕娜跟著她們回去找菈碧，快到家門口時遇到塔木拉和馬沙帶著幾個孩子。

接著，朽屍包圍了她們……

「死亡一直離我們很近，等到我們鬆懈的那一刻，它就會毫不猶豫地將我們帶走。」

瓦利回想起芭黛說過的話。

他望向馬沙，馬沙蹲在塔木拉的石板棺旁，手上拿著石鋤，奮力地把泥土鏟在石板棺上，眼淚和鼻涕糊了一整臉。

塔木拉的母親早已過世，而父親也在前年病死，他祖傳的家屋無人繼承，就連石板棺和陪葬物都是各氏族主動捐出的。

瓦利在塔木拉的身上蓋了一塊帕娜織的布，用來遮擋他殘缺不全的遺體。其實給予勇士的陪葬物應爲武器或獸骨，但瓦利感覺到，那塊布才是塔木拉想要的。

當營火熄滅，葬禮終於結束，所有人都慢慢地步行返家。瓦利沒有移動，他等著亞沃站起身來。地面被填得很平整，等到幾個月後，這裡長滿稻穗，就很難分辨墓地的位置了。

亞沃與瓦利相望，他與瓦利相處時總是很少說話，此時也不例外。

「對不起，我沒有保護好她。」瓦利低下頭。

「不是你的錯，你當時和我們在一起……她會感到驕傲的，他的兒子英勇地戰鬥，替部落擋住了更多朽屍的入侵，就連她自己在生命的最後，仍然努力地守護著孩子……」

句話。

「——我不是她的兒子，我不是眞正的瓦利。」瓦利突然開口，說出埋藏在心中已久的一句話。

他的音量並不大，但還是讓附近的所有人都聽見了，他感覺到無數視線集中在自己身上，但他仍然看著亞沃。老獵人臉上並未顯露出任何驚訝或意外的神情，反而像是早就知曉一般。

一個少女出現在亞沃身後，是小黛，與亞沃相反，震驚的表情浮現在她清秀的臉龐上。

亞沃望著瓦利，說道：「我知道。」

他眼神柔和，雖然五年前留下的傷疤令他的外表看起來很可怕。

「你的相貌與個性，都與我所知道的瓦利完全不同，但你誤會了，帕娜並非把你當作替代品，所以你不是冒牌貨……」

亞沃走上前，伸出一隻手，放在瓦利的頭上。

「不管你是什麼人、從何而來，我都能肯定，帕娜確實深愛著你，就像愛她的親生兒子，雖然只有五年，但她確實當過你的母親。部落的傳統是母親會替孩子命名，瓦利這個名字的意思是風，她在那場風暴中找到了你，那天是你的再生日，所以如果你願意的話，請繼續使用瓦利作爲你的名字。」

瓦利感覺到淚水流下了臉頰，他說不出話來，呆滯了好久後才發現亞沃在等著自己回應，他連忙點了點頭。

亞沃用手抓著瓦利的肩膀，然後將自己的額頭與瓦利的額頭碰觸在一起，然後說道：「在風暴中重生的帕娜之子瓦利，你永遠是我的家人。」

第四章・遠征隊

1

瓦利坐在山坡上，仰望著星辰。

雖然剛才試著小睡了一會，但瓦利完全睡不著，其中一個原因是，這一整天下來，憤怒、恐懼、悲傷的情緒完全填滿了他的內心，讓他仍帶有些微的亢奮。

另外一個原因，是他馬上就要出發，進行一次遠征。

這次遠征的目的，並非是爲了狩獵或玩樂。

「單靠巨石河和法術擋不住朽屍，我們必須擁有更多對抗朽屍的武器。」

這是葬禮結束後，芭黛說的第一句話，她請亞沃召集了狩獵團，並將其分組，一組留在海境防衛朽屍，另一組人前往玉石礦脈。

在大地女神落下眼淚之處，有一個部落，名爲深谷部落，千年來，深谷部落一直守衛著玉石礦脈，不讓礦脈爲邪惡侵入，他們幾乎與所有部落都有往來，海境部落每年都會派人前去搬運玉石回來，但不是拿來製作武器，而是爲成年式的孩子製作玉飾。

瓦利被分到遠征隊，和卡修一起，跟隨亞沃前往深谷部落，原本在搜索隊的瓦吐克則留在部落協助枷道，畢竟這次朽屍的入侵讓狩獵團損失不少好手，而瓦吐克是個資深獵人，也有指揮戰鬥的經驗，他能教授其他年輕獵人對付朽屍的方法。

當然，只靠三個人，能運回的玉石非常有限，亞沃也另外補充了五個人，組成搬運組，專門負責揹負玉石。

而這五個人裡，包括了馬沙。

「那傢伙是膽小鬼！他丟下了帕娜和孩子們，讓塔木拉一個人對抗好幾隻朽屍。」

瓦利私下向亞沃抗議，他認為像馬沙這樣的人無法勝任如此重要的工作。

面對瓦利的抗議，亞沃只是淡然地說道：「馬沙當然有錯，所以這次我沒讓他當護衛，而是讓他擔任搬運組。」

「可是……」

「如果都要以塔木拉的勇敢為標準，那即使是狩獵團的勇士也沒多少人稱得上勇敢了。況且，當你和狩獵團共同戰鬥時，你們不也在互相保護彼此嗎？」

「但是，讓他負責搬運玉石，如果他又中途逃跑了怎麼辦？」

「那麼，我會接手他拋棄的竹籃，繼續把玉石揹回來，就像我如果受了傷，無法戰鬥，我也希望他們能接手我的玉矛，繼續奮戰。」

亞沃拍拍瓦利的肩膀。瓦利突然想起自己在巨石河差一點就要放棄了的事，當時也是亞沃替補了自己的位置，才沒讓朽屍們成功渡河。

一想到這，瓦利就對自己指控馬沙的事感到心虛，只好點點頭，接受了亞沃的安排。

前往深谷部落的路程並不算遠，按照過去的經驗，來回只需要六天，但由於芭黛在巨石河施展的法術最多只能持續七天，再扣除掉今天已經耗去的大半天，時間還是非常緊迫。

於是，在亞沃分配完畢後，各人都回家去整理裝備，一段旅程需要的東西並不少，不過瓦利只在自己的皮袋中放入了一些藥草和食物，但卻把箭袋給塞得滿滿的，還另外多準備了幾條用來替換的弓弦。

因爲睡不著，所以瓦利去了菈蒂可和莉茱可的家屋，門口的血跡已經用水沖刷過，但還是殘留著些許暗紅色。

沒有人在家。瓦利來這裡是爲了送食物，他在附近繞了幾圈後，將食物交給雙胞胎的鄰居，託他們轉交。

最後他來到山坡，山坡是遠征隊的集合點。

哨站點著火把，今晚輪值的人是巴讓，一個沉默寡言的資深獵人，他沒有和瓦利搭話，只是堅毅地注視著前方，宛如一座岩山。

過往，夜裡會被派去輪值哨站的都是剛成年的狩獵團菜鳥，尤其是在冬天，寒風的怒嚎並不比風暴來得溫和，這麼做是爲了讓新人感受孤單和恐懼，這兩者都能讓孩子成長爲男人。

但現在，每一座哨站負責夜晚輪值的都是資深獵人，他們經驗老道，某些人甚至參與過部落間的戰爭，不會因爲朽屍突然出現而慌了手腳。

瓦利並沒有等很久，在數完月亮旁那幾顆暗淡的星星前，卡修就出現了。

他在瓦利身邊坐下，一如往常，臉上帶著微笑，但不知道是不是心理作用，瓦利覺得他今天的笑容摻雜著疲倦。

「菈蒂可和莉茱可被我母親接走了，她打算收養她們。」

聽見卡修的話，瓦利失聲問道：「眞的嗎？可是你家不是已經有……」

「六個妹妹，沒錯，她大概覺得六個和八個差別不大，而且要教的都差不多，紡線、織布、耕種、烹飪，她們都很聰明，而且願意學習，最主要的，也不能把她們丟著不管。」

瓦利看著卡修，「謝謝你們。」

「不必道謝，因爲你和帕娜一直很照顧她們，所以我覺得應該告訴你這件事讓你放心。」

瓦利點點頭。此時，後方腳步聲響起，兩人回頭，只見亞沃帶著其他人出現了，但只有亞沃手上拿著玉矛，其他人則是普通的石矛和竹弓，除此之外，他們身上還揹著竹籃，每只竹籃內都放了裝滿稻米的布袋。

以稻米換取玉石，這是往年的慣例。

馬沙也在那群人中，和其他人不同的是，他顯得特別畏縮，一直低著頭，完全不見平日的挺拔俊秀。

「既然大家都到了，那就出發吧。」亞沃開口說道。

瓦利和卡修站起身來，準備加入隊伍，就在這時，一道人影從哨站後方出現。

是小黛。

她一身白衣，手持玉矛，身上揹著竹弓與箭袋，儼然全副武裝，一看就知道她想做什麼。

「小黛，妳不能跟我們去。」亞沃首先搖頭。「妳是祭司學徒，必須待在部落裡，而且，妳不能隨便就把玉矛帶走，一旦朽屍攻來，對付它們的武器能多一支是一支。」

「部落裡已經有兩個祭司了，我學的那點皮毛，對部落幫助不大。」小黛走向亞沃，眼神裡沒有一絲退讓。「但對你們就不一樣了，我可以幫你們療傷，預測天氣，更何況，我還能戰鬥，我是除了爺爺之外射箭最準的人，而且，我沒有把部落的玉矛帶走……」

她舉起手中的玉矛。

「這支玉矛是我自己做的。」

這句話將所有人的目光引至矛尖。

果然，比起其他玉矛，這支玉矛的矛頭顯得小了許多，長度大約只有一半左右。

亞沃嘆了一口氣。

「妳怎麼做出來的？」

部落裡應該沒有可以用來加工的玉石才對。

小黛嘻嘻一笑，收回她的玉矛。

「這原本應該是我成年禮的耳飾，還好我製作的動作慢了點，它還沒分成兩片。」

亞沃再次嘆了一口氣，可以的話，他絕對不會讓小黛同行，但就算拒絕了，這女孩也可能會偷偷跟上來，那樣反而更危險。

離開海境部落後，危險的並不只有朽屍而已。

「記住，絕對不可單獨行動。入列。」

「遵命！」

小黛轉過身，跑到了與亞沃相對的另一側站定，然後在卡修和瓦利經過時，用拳頭分別輕捶了他們一下。

遠征隊出發，五個搬運工走在中間，呈一直線，四名獵人走外側，前排兩人是亞沃與小黛，後方則是卡修和瓦利。

想要前往深谷部落，有兩條路線。

一條是繞過死亡谷，深入山林中，往北方前進。

另一條則是沿著海岸往北。

沿著海岸走，是最不容易遇見朽屍的路線。

但是，這條路並非隨便就能通過，因爲，在聖靈山一帶的海岸和坡地，都是巨石部落的領土與獵場。

早些年，巨石部落和海境部落因爲獵場發生過一些爭執，在幾次戰爭後，雙方約定以巨石河爲界，互不侵犯。

當然，這樣的約定對於海境部落是較爲有利的，最肥沃的耕地與獵場都在海境部落的掌握中，而巨石部落從此無力往南方發展，但想要往北發展，也是困難重重。

因爲這個緣故，近年來雖然兩個部落相處還算和平，但絕不算融洽。

出發之前，枷道派了人去巨石部落討論遠征隊通過的事宜，但派了兩個人，卻連進入部落都沒辦法，都在獵場外圍就被攔下並且驅逐了。

沒有討論，也沒有回答，巨石部落並未展現明顯的敵意，但也絕非善意。

無奈之下，亞沃最後選擇了進入山林，即使那會大大拖慢前進速度。

在日出之前，他們來到了巨石河的上游，四周皆是高聳入雲的樹木，四名獵人高舉著火把，謹慎地注意著身旁，如果不想被朽屍發現，其實將火把熄掉是比較好的選擇，但因爲林木將光線都遮蔽了，在一片黑暗中走山路，是非常危險的事。

幸好，當所有人都過河後，並未發現任何朽屍的蹤跡。

瓦利雙手持矛，小心翼翼地走著，地面崎嶇不平，還長著一叢一叢的雜草，有些草比人還高，稍不注意視野就會被遮住。

天空由紫轉藍，終於完全天亮，眾人熄滅火把，繼續前進，雖然四周依然昏暗，但終於不再伸手不見五指了。

瓦利拔開竹筒的塞子，將洞口貼緊嘴唇，讓凜冽的清水滑入喉嚨。

「大夥休息一下。」

亞沃命令隊伍停下，然後派了卡修負責警戒。

「我們必須確定一旦分散的話，重新集合的位置。」亞沃說道。他一邊趕路的同時，一邊在所到之處都留下了明顯的記號，但這些記號如果不是海境的獵人，根本無法讀懂。

山中容易迷路，一旦迷路就有可能會永遠找不到出口，瓦利曾聽狩獵團的資深獵人們講述過那些神奇又可怕的故事，像是某個在獵季時一去不回的獵人，竟然在十年後的獵季被找到，被找到時赤身露體，垂垂老矣，身上沒有竹弓也沒有石矛，沒有人知道他這十年來去了哪裡，是怎麼獨自在山林裡活下來的，而他自己也弄不清楚，彷彿作了一場夢。

確定好失散時的聯繫方式後，所有人都席地而坐，吃起早餐。雖然附近能夠獵捕到山羌或水鹿等動物，但爲了節省時間，也避免火堆的燃煙引人注意，大家都吃著自身攜帶的乾糧。

依照這個速度，也許後天中午就能抵達深谷部落，亞沃在心中思量著。他吞下烤芋頭乾，然後和卡修交接，讓卡修也能休息一下。

「深谷部落是個什麼樣的地方？」卡修一坐下來，瓦利便向他問道。

去年冬天，卡修曾跟著狩獵團中的長老們，一起前往深谷部落。

「和海境部落完全不一樣。」卡修答覆道，他嘴裡塞著燻鹿肉，說話模糊不清。

「怎麼說？」聽見兩人的談話，小黛也湊了過來。

卡修嚼著肉，然後喝下一大口水。「他們有溫泉。」

「溫泉？我們也有啊，不就在南邊的獵場那裡？」

「那不一樣，溫泉不是海境部落生活中的一部分，但在深谷部落，他們每天都會用溫泉水洗滌身體，然後躺在鹿皮製成的墊子上，聽峽谷中傳來的風聲。」

「聽起來生活得很愜意，他們不用狩獵嗎？」

「當然會啊，不過和海境部落不一樣，海境部落的男人都用弓箭狩獵，而深谷部落的男人更擅長用長矛，可能是因爲他們喜歡獵捕山豬和水鹿，所以力氣都很大，打架也挺厲害的。」

「你和他們的戰士打過？」小黛訝異地問。卡修是年輕一輩的海境獵人中力氣最大的，戰鬥技巧也是屬一屬二，想要獲得他的稱讚可不容易。

卡修不好意思地搔了搔頭，說道：「就只是喝完酒後的摔跤遊戲罷了，先說，我可沒有輸，只是喝太醉卻發現對手滿強的，嚇了一跳而已。」

大家笑了起來，卡修繼續說道：「那是個比我大了幾歲的小個子，外表看起來不太起眼，但想把他摔倒可不容易，他們的腳掌就像能夠黏在地上一樣，我最後是用盡全力才絆倒他，但他倒下的時候不知道怎麼做的也讓我一起跌倒了，因爲他先碰到地面的，所以算我贏，不過……後來我就決定專心喝酒，好好泡溫泉……啊……對了，他們的女孩子滿漂亮的……」

卡修說到一半突然停住，瞥了小黛一眼，發現她沒什麼反應，嘆了一口氣，說道：「而且很健談，不過健談不等於隨便，抱著隨意勾搭的心態就完蛋了，我記得馬沙差點回不來……」

眾人轉頭，看向馬沙。

他一臉錯愕，接著冷冷地說：「你要講就講，但別扯到我身上，還是你想要我也把你的事抖出來？」

聽見馬沙的威脅，卡修臉上的笑容彷彿凝結住了。

「什麼意思？卡修做了什麼事？」

「哎呀，部落裡的女孩們要傷心囉。」

「快說快說，你們可以一起說啊。」

大家紛紛七嘴八舌地說道，畢竟比起常和女孩們糾纏不清的馬沙，形象正派的卡修反倒讓人更加好奇，他究竟有什麼把柄落在馬沙手裡。

面對眾人的起鬨，卡修轉向瓦利和小黛，露出求救的表情。

雖然瓦利很想幫助卡修，但完全不知從何幫起。就在這時，身旁的小黛卻開口說道：「你就說了吧，其實也沒什麼大不了的，不過就是被女孩子求愛罷了。」

「求愛？」

除了馬沙外，所有人都異口同聲喊道。

「妳……妳怎麼會知道這件事？」卡修一臉震驚。

「祭司學徒知道的比你想像的多喔，例如明天的天氣、藥草的種類，還有女孩子間流傳的小故事，至於是哪個女孩子從哪位跟你同行的獵人那裡聽到這個故事，我就不能說了。」小黛笑著說道。接著她嘴巴微張，用唇型無聲地說了兩個字——

活該。

卡修的臉垮下來，很明顯他看懂了，他滿臉通紅，支支吾吾地說道：「哈哈……嗯，反正呢……除非你有和對方結婚的心理準備，否則絕對不能對任何女孩太過親切，就算那個女孩的年齡只有十三歲也一樣，因爲她和她的家人可不是鬧著玩的……」

卡修說完，一陣爆笑聲響起，大家雖然已經盡量壓低聲音，但仍然笑得喘不過氣來。

瓦利努力控制住自己的臉頰，試著忍住笑容，但對卡修似乎沒起到安慰的作用，最後他只好站起身來，走到亞沃身邊。

亞沃站在巨大的神木旁，注視著蒼翠鬱綠的山林深處，一語不發。

「怎麼了？」瓦利問道，每當亞沃露出這樣的表情，就代表著他正在尋找獵物，但現在他們並沒有要打獵。

亞沃慢慢把視線移開，但他的眼神，依然像搜索著貂鼠的鷹隼，然後慢慢說道：「我們被跟蹤了。」

2

進食完畢，眾人再次出發，剛剛的笑聲似乎沖淡了疲勞，即使全速趕路也沒有人落後掉隊。

瓦利健步如飛，他的位置換到了小黛身旁，並且左右對調了，這是亞沃的主意，因爲一直走在同個位置，會增加內心的死角，遠征隊的護衛不多，每個人都必須提高警覺。

瓦利單手握緊玉矛，另一手則下意識地摸著竹弓。亞沃剛剛說的話還在他腦海中，他也轉述給小黛和卡修，他們的表情相較起一開始，凝重了許多，畢竟亞沃狩獵時的直覺向來很準，同樣地，他也能察覺是否有人把他當成獵物。

大家都很有默契不告訴搬運組，無謂的緊張會消耗體力，現在的氣氛相較於一開始，比較有一支團隊的樣子了，可不能因此搞砸。

護衛組的四人在巨木之間穿縮，彼此保持足夠的距離，但又能相互關照，他們一路奔馳，直到停下腳步時，已是日正當中，他們來到林地中的一塊開闊地帶，抬頭仰望，便可以看到刺眼的太陽。

相較於護衛組的其他三人，小黛展現了驚人的活力，和她從前在狩獵團中一樣，很難想像她那纖細的體態能夠持續奔跑這麼久。

瓦利喘著氣，用手把額頭的汗水抹去，雖然感覺到有些疲憊，但他還是打起精神，握緊玉矛環視四周警戒，讓其他人可以安心休息。

微風輕捎，瓦利感覺耳中似乎同時聽見了細微的沙沙聲，像是碎石翻攪的聲音。

「妳聽見了嗎？」瓦利向小黛問道。

小黛起初一愣，但接著她便將手掌在耳後張開，仔細聆聽。

三次呼吸後，小黛放下手，說道：「好像是瀑布的聲音。」

「我也這麼認為，剛好能讓我們把水裝滿，大家的竹筒都快空了吧？」瓦利向卡修問道。

卡修點點頭，拿起手中的竹筒搖了搖，裡面的水量所剩不多。

「我去探探路，那座瀑布應該不會太遠，等我找到後我們再一起過去，你們繼續警戒。」亞沃開口說道。

一旁的小黛似乎也想跟去，但卻被卡修一把拉開，卡修不知在小黛耳邊說了些什麼，小黛臉上露出微笑，也在卡修耳邊竊竊私語著。

他們連頭髮都貼在一起了。

瓦利別過頭去，見亞沃解下身上的皮袋，只拿著玉矛和竹弓，逕自往前走去，慢慢消失在林木中。

看著亞沃離去的背影，瓦利突然感覺到一股違合感。

山林中的景象瞬息萬變，這兩天的情況已經算是很平穩，這可能是因爲雨季一直不來的關係，以往，當山中水分充足，經常會出現走一走就身陷在迷霧之中的情況，霧氣和日光是山林中的兩大魔法，前者遮蔽你的視線，後者讓你產生幻覺。

「不要害怕濃霧。」

亞沃曾經帶著瓦利和卡修在山中待了整整十天，就只爲了向他們解釋霧氣與日光的變化奧妙。

「當你深陷濃霧時，雖然你看不見，但那代表獵物和敵人也看不見你，這時候，能決定誰是贏家的，是眼睛以外的東西。」

「是氣味！」

「還有聲音！」

當時年幼的卡修和瓦利喊道。

亞沃摸摸他們的頭，說道：「都沒錯，還有包括這兩者的觀察力。炊煙與煮食的香氣會洩露敵人的位置，動物糞便的新鮮與否會告訴你牠多久前經過此處，還有風，風會帶來聲音，動物的聲音和敵人的聲音，但別被那些聲音矇蔽了，要注意的是沒有聲音的時候，因爲當完全無聲時，就是敵人最有可能發動攻擊的時候。」

兩個小男孩似懂非懂地點點頭，接著瓦利問道：「那日光呢？」

「日光應該畏懼，因爲被日光過度曝曬會導致生病，甚至死亡，而且日光會帶來陰影，在陰影下，其實更危險。」亞沃回答。

「樹蔭下可以乘涼、避雨，有什麼好怕的？」卡修反駁道。

「因爲你不知道，當你放心乘涼、避雨的同時，會不會有敵人或猛獸從樹上跳下來宰了你。」

「……」

卡修張大嘴巴，無言以對。

亞沃露出笑容，但隨即嚴肅地說道：「鬆懈的心才是陰影的眞正面目，敵人永遠藏在我們看不見的地方，很多時候，我們以爲自己在日光下什麼都看得見，但其實不然，在日光下，我們反而將自己的弱點暴露了，這給了敵人攻擊我們的機會。」

「那……不要走在日光下呢？」瓦利問道。

一旁的卡修大笑。「那怎麼可能啊，除非永遠待在家裡面，但那樣會餓死吧。」

「……對喔。」瓦利不好意思地低下頭。

「日光無所不在，就算躲在家中也是一樣的，你認爲你待在家中，敵人就看不見你嗎？他可以把你的房子燒了，逼你離開。」

亞沃敲了一下卡修的額頭，然後對著瓦利說道：「眞正重要的，是別讓日光欺騙你的眼睛，永遠都要記得，攤在陽光下，看似和平的景象都不是眞的，在你看不見的陰影處，敵人正等著你放鬆戒心。」

不知爲何，瓦利突然想起多年前亞沃的教導。

敵人正等著你放鬆戒心。

「我們被跟蹤了。」亞沃上午時是這麼說的，由此看來，他應該不可能在這種時候單獨行動才對。

除非，他的目的是要引誘敵人出手。

此時，一旁有個聲音向他喚道：「瓦利。」

瓦利轉過頭來，只見是卡修，他笑著走到瓦利身旁。

在他正要開口時，瓦利搶先說道：「準備迎擊敵人的計畫，你是來告訴我這件事的吧？」

卡修臉色一變。「你怎麼知道？亞沃先告訴你了？」

「沒有，只是猜到了而已，因爲他昨天才說過嚴禁單獨行動，現在卻一個人跑去探路。我原本以爲他是想分散對方的人數，把跟著他的敵人解決掉後，再回過頭來支援我們，說不定會讓敵人以爲我們還有其他盟友，但現在看來，應該不是那麼簡單。」

卡修聽完，長吁了一口氣，拍拍瓦利的肩膀。「有時候我覺得你眞厲害，厲害得讓我完全不想與你為敵。」

「我們不是敵人。」

「當然，但我們是男人嘛，每個男人都是彼此的競爭對手，這是我們的本能。」

瓦利搖搖頭，想要避開這個話題。

但卡修卻抓著他的肩膀，將他轉向小黛的位置。

「不必否認，你先看看那個美麗又聰明的女孩，然後再轉回來看看你面前這個討厭鬼，如何？有感覺到心中的敵意浮現了嗎？」

「你到底想幹嘛？」

「在幹嘛？當然是要讓你臉部表情放輕鬆一點啊，如果敵人沒有覺得我們鬆懈了，是不會發動攻擊的，那他們就會繼續跟，等到明天我們大家真的累了，再一個一個宰掉我們。」

瓦利笑了起來。

「你剛剛跟小黛說的也是這個？」

「沒錯，你看她多配合，馬上就跟我打情罵俏。」

「別再扯這些了，計畫是什麼？」

「哎呀，你的臉又硬邦邦了，拜託柔和一些，別讓敵人覺得我們正在密謀對付他們，想像一下我們正在聊女孩子之類的。」

「像是深谷部落的女孩？」

一聽見女孩，卡修的表情就像是被正面打中鼻子一樣皺了起來。

「你這傢伙……好吧，隨便你，反正給我笑就是了。」

聽完卡修的話，瓦利再次笑了起來，完全是發自內心的。

「說吧，該怎麼對付他們？」瓦利問道，於是卡修開始向瓦利解釋亞沃的計畫。

根據亞沃的估算，敵人至少超過三十人，在這一帶能夠隨意出動超過三十人的部落只有海境部落和巨石部落，由此來看，敵人肯定是巨石部落的獵人。

如果敵人是巨石部落的話，那他們這麼做的理由只有一個。

血祭。

相對於海境部落，巨石部落處於資源較不豐富的地區，每當有天災發生，部落祭司都會以血祭來祈求祖靈寬恕。血祭的儀式是派出多組狩獵團，但狩獵的對象不是動物，而是人。據說巨石部落的祭司世代傳承著一些法術，能讓他們躲過災禍，但代價就是以鮮血來交換庇護，從月亮出現的那天開始一直到滿月，巨石部落的狩獵團會捕捉、獵殺每一個他們遇到的人。

這次的血祭，很有可能就是爲了因應朽屍肆虐而開始的。

遠征隊的總人數只有九人，當然打不贏三十個人，就算打贏了也可能傷亡慘重；如果想逃，倒是能夠逃得掉的，不過逃走的話，用來交易玉石的稻米就絕對必須拋棄掉。

亞沃的想法是，遠征隊最重要的任務是將玉石帶回，就算現在能夠丟棄稻米、逃到深谷部落，而深谷部落也願意在沒有稻米的狀況下提供玉石，但回程又該怎麼辦？玉石的重量比稻米更重，屆時就更難逃走。

於是，亞沃決定，先下手爲強，盡早將敵人引出來消滅掉。

就在瓦利和卡修說話時，搬運組的人也開始陸續離開，他們把裝稻米的竹藍放在原地，哼唱著曲調，一副出門郊遊的模樣，大搖大擺地往亞沃剛剛離開的方向走去。

到了最後，只剩下瓦利、卡修、小黛及馬沙四人。

「那麼，你們兩人先走吧，我和這傢伙隨後跟上。」卡修勾著馬沙的脖子，向瓦利和小黛說道。

一旁的馬沙一臉委屈，小聲地嘟囔著。「不公平……爲什麼我得留到最後……」

卡修聽見了，放開勾住馬沙的手，訝異地說道：「誰教你射箭技術這麼差，在戰力上沒幫助，只好留下來當誘餌啦，你該慶幸至少還有我陪你，還是說可以留下你一個人？那我跟他們一起走囉。」說完，卡修便自顧自地往前走。

「對不起我錯了！拜託你別走！」馬沙連忙抓著卡修的手臂，一臉驚慌。

瓦利和小黛相視而笑，也邁步離開，就像剛剛離開的亞沃和搬運組其他人一樣，他們往山上的方向前進，然後準備迎敵。

亞沃之所以選擇在這個位置戰鬥，是因爲他以前來過這個地方好幾次，此地是個空曠的緩坡，樹木相較其他地方少，視野開闊。

視野開闊即意味著，缺少掩蔽物。

瓦利和小黛依照著卡修的指示，繞了一段路後，回到了原本休息處上方的高地。

高地是由一塊巨岩形成，巨岩的兩端均爲陡坡，從這個岩石上，可以清楚看見竹籃所在的位置。

甚至，再往下方看去，竟然能看見幾個緩緩靠近的敵人身影。

原本躲在陰影中的敵人，被自己的貪婪指引，走入了日光下。

巨岩上不見亞沃的身影，但兩名搬運組的海境獵人已經在高地上監視了一段時間，他們趴在岩石上，手持竹弓。

箭已上弦——

瓦利和小黛立即找到適合自己的位置，瓦利選擇了巨岩的左側，不但可以瞄準休息處，就算有敵人衝上來，也能快速因應。小黛則挑了巨岩後方的大樹，她輕巧地爬上樹，但樹幹竟連些微晃動都沒有。

卡修和馬沙仍待在竹籃旁，看到卡修悠然自若地和馬沙瞎扯，完全沒有一絲緊張的神態，心中不由得感到佩服。

眼見時機成熟，瓦利舉起竹弓，拉滿弓弦。

瞄準的目標，是天空。

咻的一聲清響，竹箭射出，衝上天空，然後因爲重量而落下，飛行的軌跡形成一道漂亮的拋物線。

然後插在竹籃上。

卡修和馬沙轉過頭，瞪著竹籃上的箭矢，臉上露出驚訝的表情。

同樣驚訝的，還有正在埋伏的巨石部落獵人。

他們並非不想攻擊，事實上再過一會兒，他們就能將海境遠征隊團團包圍住，遲遲不動手只是爲了避免打草驚蛇。

而現在，瓦利射出的箭，逼迫他們提早動手。

誇張的尖叫聲響起，卡修和馬沙開始狂奔，往巨岩的方向衝了過來。

人類的天性，看見逃跑的動物，就會想追。

巨石部落的獵人們紛紛現身，突如其來的變化，讓他們情急之下射出的箭矢都射偏了，刺入了地面。

他們健步如飛，很快就越過了竹籃所在的緩坡，有好幾個人都抄起石矛，想要擲出。

但在他們將石矛擲出前，弓弦聲紛紛響起，激射而來的箭矢刺穿他們的喉嚨與胸膛。

看見同伴中箭倒下，巨石部落的獵人錯愕地抬起頭，看向箭矢的發射處——也就是巨岩的位置，但他們什麼都看不見，只能看見一片光亮，因爲他們所在的位置，是逆光處。

第二波箭矢降臨，巨石部落的獵人已經減少了將近三分之一。

如果這時巨石部落的獵人領袖是個了解策略的人，就會立即尋找掩蔽，然後暫時撤退，因爲雖然損失了不少人，但他們的總人數還是遠征隊人數的兩倍以上，撤退後重整，換個地點再來戰鬥，他們的贏面仍然比較高。

可是巨石部落的獵人們無法做這個決定，因爲他們的領袖已經在第一波射擊時死去，應該說大部分的老獵人都死了，瓦利一行人早在射擊前就已經決定將射擊目標都放在那些外表較爲年長的獵人。

射穿敵方領袖心臟的人是小黛，當然她不知道那個人是領袖，但她特意瞄準了發號施令的人。

失去了擁有豐富經驗的年長者，剩下的年輕人就不足爲懼了。

眼見傷亡慘重，巨石部落的獵人們紛紛發出怒吼，但他們也不敢衝上巨岩所在的陡坡，只能先後撤，因爲這裡是開闊地，樹木不多，僅有的幾棵小樹也不足以作爲遮蔽。

正當巨石部落的狩獵團回到樹林準備逃命時，新的慘叫聲卻又接二連三響起。

在他們原本埋伏的樹叢間，居然射出了箭矢，除了箭矢外，樹叢裡也同時響起了尖銳的竹笛聲響。

想當然，這是亞沃搞的鬼，他和另外兩個獵人繞了遠路，埋伏在巨石部落撤退的路徑上。

三個人當然無法阻擋十幾個獵人，但要嚇嚇他們已經足夠了。

竹笛的尖嘯在山林中此起彼落，伴隨著弓弦震盪的清響，又有一人被射中，巨石部落的獵人們停下了腳步，紛紛轉過身，回到緩坡，往巨岩的方向衝來。

與其面對未知的敵人，還不如賭命一搏。

他們抓起石矛擲出，但都被巨岩給擋了下來。

面對絕對的地形優勢，再多的憤怒也是枉然。

箭矢齊飛，遠征隊的成員們飛快地彎弓搭箭，射穿來襲敵人的頭顱和身體，敵人的數量雖然很多，但巨岩和他們之間仍有一段不可小看的距離，最終，所有巨石部落獵人在無人能夠爬上陡坡的情況下，紛紛倒地斃命。

地上屍體遍布，戰場上悄無聲息。

稍微等待了一小段時間，大家才離開高地，下去撿拾箭矢，順便確認每一具屍體是否真的已經死去。

還有呼吸和心跳的，就直接用石矛刺入他的喉嚨。

這麼做並非毫無道理的殘忍，而是遠征隊的行蹤不能洩露，況且巨石部落很可能還有其他的狩獵團。

等到檢查完所有屍體，武器也回收得差不多後，眾人回到竹籃旁。

亞沃揹起他剛剛放在地上的皮袋，說道：「出發吧，此地不宜久留。」

在等待搬運組的人揹起竹籃時，瓦利低頭看著地面，地上躺著一具屍體，是個強壯的男人，一支箭矢從他胸口刺入，巨大的衝擊力讓他跌倒在地，箭矢從中折斷，無法繼續使用。男人的眼球凸出，布滿血絲，臉部表情因爲臨死前的疼痛而扭曲，身上除了血腥味之外，還有濃厚的尿騷味。

瓦利記得這個男人，那是他在第一波射擊時瞄準的對象。

也是他有生以來，第一個殺死的人。

瓦利取出打製的石片，將捆綁箭鏃的麻繩切斷，將箭鏃回收，再也沒有往那具屍體看上一眼。

但是他感覺自己永遠都無法忘記這個男人的臉。

遠征隊繼續前進，護衛的位置再次調換，瓦利換到了後排，在亞沃的旁邊，卡修和小黛則走在前排。

「你剛剛的表現非常好，很少有像你這麼年輕的獵人能單從行動就判斷出我的意圖。」亞沃向瓦利說道。

「那個時候，我剛好在想你以前說過的——敵人潛伏在陰影處這件事。」瓦利回答。

亞沃臉上露出欣慰的笑容。「思考是領袖的必備條件，你確實有進步。」

「可是我不是領袖。」

「你還不是，但不代表以後不會是，學習像領袖一樣思考並非只是頭目的責任，再說……」

亞沃看向前方的小黛。「你要和那個女孩在一起，必定得成為領袖。」

「……其實，我不確定她對我是怎麼想的，當然，她對我非常好，是除了帕娜和你之外最好的，但我們之間的相處並沒有大家想像的那麼……熱情……」其實和普通朋友差不多，瓦利承認道。

亞沃看著瓦利的臉，思考著這種無謂的煩惱是否也曾在自己年輕時出現過，他想了一會，然後說道：「我看著她從出生到現在，她是個天之驕女，任何事情對她都易如反掌，但在她的臉上，我只見過兩次害怕的表情，第一次是為了救我們兩人，第二次是為了救你……我當然不知道她對你怎麼想，但她對你的重視是毫無疑問的。」

瓦利點點頭。亞沃繼續說道：「暫且不論小黛的心情，你自己又怎麼想？」

「我……」

瓦利說不出話來，他這時才驚覺，原來在兩人關係上，他才是被動的一方，一直都是小黛來找他，給予他幫助。

因爲他一直打從心底不相信兩人之間能有結果，他害怕存有希望。

不只是男女關係，似乎就連朋友和親情，瓦利都不是太主動，他害怕被捨棄，所以會主動示好和幫助人，但他不敢深入與人往來，然而人與人的關係從來都不是單向的。

「……我會永遠保護她。」這是他唯一有能力做的事。

聽見瓦利的回答，亞沃卻大笑了起來。「竟然誇口說要保護一個比你還強悍的人，好吧，這也算是一個了不起的志向，我拭目以待。」

亞沃的笑聲吸引走在前方的卡修和小黛頻頻回頭，他們似乎很少看見亞沃笑得這麼開心。隨著水流的沖刷聲越來越大，瓦利知道他們已經來到瀑布，瀑布的高度約有三到四人高，兩端是由數塊巨岩所構成，下方是一處不大卻深不見底的水潭。

一行人攀上岩壁，往瀑布上游走去。

也許是因爲雨季未至，上游的水流並不湍急，岸邊亦是巨岩，水質清澈，瓦利望向對岸，只見對岸雖是岩地，但地勢平緩，一路往前方延伸。

眾人繼續往前，來到了一處淺水區，涉水過河的途中，瓦利忽然看見亞沃抬起頭來，向四周張望。

「怎麼了？」

瓦利開口問道，亞沃尚未回答，瓦利也抬起頭觀察，四面均是巨岩奇石，再往外則是青翠山林，只聽見水聲潺潺，再也沒有其他聲音。

沒有其他聲音？

連一聲蟲鳴鳥叫都聽不見。

瓦利看向亞沃，只見他面色凝重，慢慢地將視線轉向自己。

「快跑！」亞沃低吼一聲。遠征隊中的所有人都毫不遲疑，從原本的緩慢步行，立即轉變為拔腿狂奔。

咻的一聲，一支箭矢從卡修耳際飛過，接著數箭連發，只見河道兩旁忽然都冒出了人影，一時殺聲震天。

從服裝來看，是巨石部落的獵人。

第二支狩獵團。

敵人再次拉弓，放箭，數名搬運組的成員被箭射中，卡修大吼一聲，衝上前去，他將自己的箭袋抓在手上，作為掩護，擋住兩支射向自己的箭矢。

當雙腳踏上岸邊，卡修放下箭袋，握緊玉矛，往前躍起，然後矛尖往下一戳。

慘叫聲響起，矛尖刺入一個手持竹弓的敵人腹部，卡修沒有停下腳步，抓著矛柄將那人往後推，在他身旁的另一個敵人轉過身，手中的石矛正要刺出，但此時一支竹箭射來，貫穿了這人的頸子，一人快步奔來，身姿輕巧，正是小黛，她一邊奔跑，一邊刷刷刷地連射了三箭，將站在河岸的巨石部落獵人一一射倒。

亞沃和瓦利各拖著一個倒地的搬運組成員，鮮血從他們被箭矢刺穿的大腿和手臂中流出，染紅了河水。

兩名揹著竹籃的搬運組成員倒在河中，身上插著好幾根箭矢，早已斃命。

「上岸後，你帶著小黛往下游跑，我和卡修去上游。」亞沃對著瓦利大吼。

「那他們呢？」瓦利指著手上抓著的同伴。

「竹籃不要了，你們帶著他，剩下交給我，動作快！」

背後又傳來一聲哀號，瓦利回頭一望，只見原本跟在身後的馬沙躺倒在地，不過他並非被箭矢射中，而是絆到同伴落在地上的石矛而摔倒。

「起來！」瓦利向馬沙叫道，然後一腳踩上岩岸，將手中同伴抱起。正要進入樹林，忽然有人從樹木後方跳出，那人手握石矛，矛尖刺向瓦利的胸口，瓦利情急之下一腳踹出，踢中了那人的腰際，但自己也因爲重心不穩而倒地，矛尖從瓦利手臂擦過，劃開一道長長血痕。

那人舉起石矛，正要再次刺出，一根箭矢飛來，插進了他的臉頰。

瓦利掙扎著站起身，正要再次將夥伴抱進樹林，卻感覺手上的人一動也不動，低頭一看，只見這名夥伴的胸口不知何時插了一根箭矢，已經氣絕身亡。

瓦利痲木地將人放下，望向河中，只見更多敵人從河岸衝來，而原本倒在地上的馬沙已經不見蹤影了。

瓦利轉過身，衝進樹林中，兩支箭矢從他兩耳邊飛過，射箭的人是小黛和卡修，他們射出的箭矢擊中了在瓦利身後的一個敵人。

瓦利來到同伴身邊，這裡只剩下亞沃和一個搬運組的成員，還有卡修和小黛。

瓦利左顧右盼，問道：「馬沙呢？」

卡修搖搖頭。「他沒有進樹林裡，不知道到哪裡去了。」

「他如果活著應該知道該怎麼找到我們吧，會合點再見。」亞沃說道。

瓦利點點頭，看向小黛，她又射出一箭，但敵人早已經領教過她的厲害，一看她舉起弓都立刻縮到樹幹後方。

「別忘記你的承諾。」

亞沃向瓦利說完最後一句話，便轉過身，在卡修的掩護下，扛著同伴往上坡跑去。

瓦利和小黛並肩奔馳，卻不時往左或右拐個彎，或者故意穿過一些枝葉茂盛的樹叢，增加敵人射擊上的難度。

此時跟在他們身後的敵人已經不到十人，這些人分散得很開，卻圍成了一個半圓弧的隊形，外圍兩端的人不斷地吼叫，向兩人射箭或丟擲石頭，確保兩人只能直線前進。

這個方法果然奏效，瓦利和小黛繼續往前狂奔，但很快地就聽見了水流的沖刷聲。

他們又回到了瀑布，而前方是陡峭的斷崖，兩人本能地煞住了腳步，卻聽得一旁傳來腳步聲，只見兩個巨石部落的獵人早就等在這裡，其中一人已經拉滿弓弦，對準瓦利的胸口，一箭射出。

眼見避無可避，瓦利舉起玉矛，想將玉矛擲出，但還未脫手，背後就被猛烈地撞了一下，瓦利回頭，發現撞自己的人是小黛，而那支本來應該射穿自己心臟的箭矢則刺進了她的肩膀。

箭矢的衝擊力讓小黛的身體失去重心，往後仰倒。

接著，她有如一片落葉般跌進瀑布下方的水潭中，激起巨大的水花。

瓦利大叫，他看見小黛一身白色衣裝沉入水底，但此時驚人的事情發生了，她的身體沒有從水裡浮上來，更沒有往下游流去。

反而倏地鑽進了瀑布之中。

瓦利瞪大了眼睛，他想也不想，立即縱身一躍，四周景物開始上浮。

他跳入了水潭。

3

激烈的水流拉扯著瓦利的身體，想要將他帶走，瓦利奮力划水，讓自己來到一塊大石旁邊，他用腳掌抵住石頭，然後用力一踢。

往小黛被捲入的方向前進。

許多箭矢射入水面，從瓦利身旁掠過，瓦利視野所及，都是瀑布沖刷而下的水流，白花花的一片。

偶爾，跳進這種激流中，就會被吸入激流的後方，那個岩石與岩石間的縫隙，這個時候，如果沒有立即將人拉出，那個人就死定了。

瓦利繼續游著，他感覺兩條腿因爲一直踢水，踢得都快要抽筋了，但仍然前進不了，瀑布沖刷的力量非常驚人，那道水流能將人吸進去，自然也可以把人推開。

體內空氣一點一點在減少，瓦利感覺力氣即將用盡。就在此時，水中景象突然清晰了起來，他看見在正前方的岩石上有一道小小的裂縫，在裂縫的下方，有一個深不見底的洞穴。

瓦利伸手一刺，玉矛戳在岩石上，矛尖斷裂，立即被吸進洞穴中，瓦利繼續往那個裂縫亂戳亂刺，最後，玉矛終於刺進裂縫裡，他將矛頭用力卡進裂縫，然後順著矛桿往前爬，才爬了一點點距離，忽然一道巨大力量從身後推來，瓦利放開矛桿，讓水流將他直接推進洞穴。

洞穴中水流極快，瓦利毫不費力地就能以飛快速度前進，不一會兒他感覺到四周寬闊了起來，接著水流趨緩，一道白色身影出現在眼前。

是小黛，她似乎昏了過去，箭矢仍插在肩上，她的長髮和白衣在水中搖曳，臉上表情麻木，似乎失去了意識。

瓦利奮力向前，一把將她抱起，然後浮上水面。

水面上的空間是一個岩洞，看來應該是正好在那道瀑布的下方。

瓦利大口吸氣，抱著小黛游至岸邊，將她推上岸後，自己也爬了上去。

上了岸，小黛仍然沒有醒來，但她身上除了剛剛被箭射中的肩膀外，似乎沒有其他外傷。

瓦利手忙腳亂地把她身上的竹弓、皮袋與箭袋卸下，然後不斷搖晃她的身體，但似乎沒有效果，於是又讓她躺下，依照自己以前聽過的，讓小黛面部朝下，用力拍擊她的後背。

一陣劇烈的咳嗽聲響起，小黛掙扎著坐起身來，瓦利停下動作，正要開口說話，突然感覺頭髮被一手扯住，接著往後一拉，瓦利的後腦撞上石壁，痛得眼冒金星。

「啊！是你……對不起對不起……」

一陣沉默後，接著是連續的道歉聲，瓦利視力慢慢恢復，只見小黛跪在身旁，兩手抓著自己的肩膀，臉上帶著歉疚。

「沒關係……」

瓦利摸著後腦勺，感覺似乎腫了一大塊，看來小黛剛剛大概把自己誤認爲敵人了。

疼痛略微減輕之後，瓦利站起身來，環顧四周。

他們身處於一個岩洞之中，岩洞的頂端頗高，一道光從岩壁的裂縫中射了進來，映照在水面上。

岩洞內的水道一路往內延伸，似乎深不見底。

瓦利看向小黛，她歪著頭若有所思，大概也在想著同一件事。

該怎麼出去？

「能從原本的路出去嗎？」小黛探頭朝水面下看，指著兩人進來的洞穴問道。

瓦利搖頭，說道：「我覺得不太可能，那條通道的水流太強了。」不知道亞沃他們怎麼了？

在岩洞內完全聽不見外面的聲音，從這點來看，這個岩洞可能比自己想的還要更深，但瓦利也不敢大叫，怕巨石部落的人聽見。

一旦他們發現自己還活著，就算進不來，也可能會想出一些方法來對付自己，例如在那個岩壁的裂縫中塞滿乾草和樹枝，然後點火燃燒，或許要花點時間，但很有可能讓自己和小黛被濃煙嗆死。

忽然，瓦利瞥見小黛肩上的傷口，她不知道什麼時候已經自己把箭矢拔掉了，瓦利暗罵了自己一聲粗心大意。

「晚點再來討論怎麼離開，先搞定妳肩膀上的傷吧。」

見瓦利指著自己的肩膀，小黛側著頭瞄了一眼，笑道：「這種小傷口，不用擔心啦。」

「還是得處理才行。」

瓦利強硬地要她坐下，然後在自己揹著的皮袋中翻找，袋中的東西全都浸過水，所幸他要找的藥草就算浸過水也沒關係。

最後，他從皮袋中找出了幾根外形有如蜈蚣一樣的綠葉，這種草名爲腎蕨，對於止血消炎頗有效果。

瓦利將腎蕨放入口中，咀嚼了幾下後吐回手掌，然後敷在小黛肩膀的傷口上，接著他從皮袋裡拿出一條麻布，把水分擰乾後，綁在小黛肩上。

幸好箭矢沒有直接貫穿，只有箭鏃的尖端刺入，並沒有插得很深，箭鏃的碎片也沒留在裡面，應該不會對行動造成影響。

「……謝謝你。」傷口處理完畢，小黛說道。

「是謝謝妳才對，如果妳那時沒把我撞開，我大概早就死了。」瓦利說道。

他把剩餘嚼過的腎蕨抹在自己被石矛劃傷的手臂上，然後將沒用到的藥草放回皮袋中，接下來的兩、三天都得替小黛換藥才行。

「我知道……但我還是很高興……你爲了我跳下來……」小黛低聲說道，音量低得幾乎完全聽不見，她眼簾低垂，臉頰泛起紅暈。

「怎麼了，會冷嗎？」瓦利問道，小黛連連搖頭。

「我們走吧，必須盡早和亞沃爺爺他們會合才行。」

瓦利牽著小黛的手，將她從地上拉起，然後兩人開始清點身上的物品，巧合的是，兩人身上剩下的東西居然一模一樣，都只有進入洞穴時身上揹著的竹弓、箭袋、竹筒，和裝食物、藥品的皮袋。

瓦利的玉矛插在瀑布下方的石頭裂縫中，大概是拿不回來了，不過就算拿回來，矛尖也已經折斷，不曉得還能不能用，至於小黛的玉矛，恐怕是摔進水潭時就掉了。

他們重新將裝備穿回身上，但由於小黛肩上有傷，所以瓦利便替她揹了皮袋，皮袋因爲泡過水，不管是袋子本身還是裡面裝的東西，都變得頗爲沉重。

雖然瓦利有些介意小黛的身體狀況，但皮袋裡的打火石都濕透了，而且岩洞內完全沒有可供燃燒的枯枝落葉，現在想要生火是絕對不可能的事情。

整裝已畢，兩人決定順著水道往前走，越往前越是一片漆黑，雖然很想要火把，但兩人現在身上只有箭矢的竹桿可以拿來燒，而那竹桿也和皮袋內的打火石一樣都浸過水，短時間內恐怕無法點燃。

他們肩膀緊貼著石壁，慢慢地往前探索。

不知道走了多久，四面仍是漆黑一片，只有一點微弱的光源從水中透出。

然後，一堵石壁，阻擋在兩人的面前。

瓦利耐心地摸索過石壁的每一處表面，最後只能遺憾地確定，沒有任何可以通過的縫隙。

「水道呢？」小黛向瓦利問道。

無論如何，水總得要流出去才行，如果水沒辦法流出去，那這個岩洞早就被水淹沒了，所以水道內一定有出去的路。

瓦利點點頭，認同了小黛的說法，他再次跳進水中，並很小心地不讓自己被水流沖走。

令人意外的是這個位置的水道並不深，流速也說不上快，瓦利慢慢在岩壁上摸索，終於在水面下方一個手臂深的地方摸到凹陷處。

瓦利潛入水中，驚喜地發現，在洞的另一邊，是光亮。

「可以通過。」他回到水面，對著小黛說道：「洞有點小，但沒關係，我們可以一個接一個潛水游過去。」

小黛點點頭，也跟著進入水裡，瓦利清楚地感覺到她在下水時打了一個寒顫。

「妳怎麼了？」

「沒什麼，快走吧，我跟著你。」她的語氣透露著堅決。

瓦利伸出濕淋淋的手，貼在小黛的額頭上。

又是一個寒顫。

「沒事的，但如果再繼續泡在水裡面的話，我想我們兩個人都會被冷死。」

黑暗中，彷彿能感覺到小黛的臉擠出笑容。

瓦利把手抽回，他感覺到的溫度絕對不是可以用沒事帶過，不過現在就像小黛所說的，必須快點離開水裡。

瓦利深吸一口氣，彎曲身體，探入水道內的洞穴，小黛跟在他身後，也憋氣潛入水中。

洞穴內因爲較爲狹窄，所以水流稍快了一些，很快地就將他們兩人沖到了出口。

看到藍天的那一瞬間，瓦利的心雀躍了起來，他將頭探出水面，外面是一個半開放的岩洞，洞口與山林相接，最重要的是沒有看見敵人的蹤跡。他一手攬住小黛的肩膀，兩人一起爬到了岸上。

瓦利鬆開手，正想站起身來，卻突然被拉住。

「先……先別走。」小黛顫抖著說道，語氣軟弱，聽起來彷彿像在哀求，她緊緊抱著瓦利，肌膚看起來比平日更加白皙，就連嘴唇也幾乎完全沒有血色。

「怎麼回事？」

單純的箭傷不可能讓強悍的小黛變成這樣，瓦利腦中突然閃過一個念頭。

「箭鏃上有毒。」小黛將他腦中的話語說了出來。「毒性不強，不必擔心，我剛剛拔箭時已經把傷口的血給擠掉了。」

「妳怎麼不早說！」

「剛剛的情況……說了也沒用。我的皮袋裡有草藥……」

「需要哪些？」瓦利將皮袋翻開，把裡面裝的東西都倒在地上。

小黛顫抖著挑出三種藥草，說道：「還需要一種心形葉片的草……你知道那是什麼嗎？」

瓦利點點頭。

「很好，把這四種藥草放在一起煮成湯藥……我喝完就沒事了，別擔心。」

說完，小黛便鬆開擁抱著瓦利的手，緩緩躺倒在地。

瓦利抱起小黛，將她搬移到靠近岩洞口的陰影位置，那裡面朝東方，已經曝曬了一整個早上的陽光，岩石表面直到現在依然溫暖。

接著，他將皮袋中的打火石放到岩洞外的草地上，然後快步奔入山林中。

運氣很好，他沒花多久時間就在一塊陰濕的草叢中找到了心形草，接著他跑到洞外，在地上撿拾了些許樹枝和乾草團後，拿起剛剛放在草地上的打火石，回到了岩洞內。

他生好火，拿出自己的竹筒，將裡面的水倒掉，然後重新裝水，再把藥草放入。

在水沸騰之前的時間，可說是瓦利這五年來，最難熬的時光。

終於等到竹筒內響起冒泡的嗶啵聲，瓦利從皮袋內拿出竹杯，倒入湯藥。

瓦利將竹杯靠近嘴唇，喝了一小口。

好燙！

忘了這才剛從竹筒中倒出來，瓦利連忙用手掌對著竹杯搧風，想要讓它快一點冷卻。

第二次試飲確定水溫沒問題後，瓦利將竹杯放在地上，然後喚醒小黛。

「……怎麼了？」

小黛睜開眼，她眼神迷濛，兩頰通紅，體溫像是被火烤過了一樣。

瓦利把竹杯湊近她的嘴唇，微微傾斜，讓她一點一點地啜飲。

「喂！別睡，至少把這杯藥喝掉。」

瓦利輕拍著小黛的臉頰，不斷地將她叫醒，直到她終於把所有湯藥都喝光爲止。

喝完了藥，小黛再次沉睡。

當小黛再次睜開眼睛，已經是入夜後了。

他們位置再次轉移，移動到了岩洞的最深處，洞口擺放了用來遮蔽火光的樹枝和雜草。

瓦利坐在她身旁，面對著火堆，一點一點地往火堆裡添加枯枝，火堆旁放著幾顆大石頭，用來架設竹筒。

「醒來啦，藥又煮好了，快喝吧。」

瓦利將一只竹杯放到小黛面前，小黛坐起身來，發現身上蓋著瓦利的外衣。

她接過竹杯，小口啜飲著。

因爲加了心形草，所以湯藥香氣很誘人，小黛喝完一杯後，身體開始流汗。

「謝謝你，不必再煮了，這個藥湯也不能一直喝，喝多了反而會對身體造成負擔。」小黛對瓦利說道。

瓦利點點頭，伸手觸摸小黛的額頭，溫度確實已經下降不少。

「想吃晚餐嗎？除了燻肉外，我還找到了幾顆鳥蛋。」

「好哇。」小黛開心地回答，經過這一整天的折騰，她早已飢腸轆轆。

在小黛昏睡時，瓦利跑到附近尋找食物，但他也不敢離開太遠，所以雖然看到附近有山羌活動的痕跡，也沒有去追蹤，最後，他在岩洞旁的幾棵大樹上找到了三個有蛋的鳥巢，總共十一顆蛋，雖然每顆蛋都只有拇指大小，但至少聊勝於無。

瓦利將烤好的鳥蛋和燻肉放在剖開的竹筒裡，竹筒是從附近竹林新砍下來的，因爲他自己用來裝水的竹筒早已被火烤焦，必須準備新的容器來裝水才行。

泡過水的燻肉雖然味道淡了不少，但用火燒烤後還是香氣四溢，配上口感滑嫩的鳥蛋，也算是頗爲豐盛。

「眞好吃……」小黛咀嚼著食物，由衷歎道。她從小豐衣足食，自己也懂得狩獵，從未眞正經歷過艱難的生活，所以從前亞沃教導她，狩獵時必須對獵物報以感謝的話語，她此刻才眞正理解。

人都是如此，唯有在匱乏時才會曉得，自己其實是依靠著對於萬物的剝奪而存活下來。

飽餐一頓後，瓦利搬了一堆竹枝到火堆旁，不過並非是要拿來當柴薪，而是準備用來製作箭矢，畢竟在今天的戰鬥之後，他和小黛的箭袋裡，箭矢都所剩無幾，得要補充才行，還必須把回收的箭矢重新矯正利用。

小黛依偎在他身旁，她的長髮垂落在地，看起來比平常的髮量還要多，平日她的髮型更加俐落，絕對不會像現在這樣讓髮絲遮住她的視線。

瓦利可以清楚感覺到她的背部線條與溫度，一開始，這讓瓦利面紅耳赤，但後來稍微習慣之後，他發現自己還滿喜歡兩人觸碰在一起的感覺。

他很努力地製作箭矢，這一帶沒有製作箭鏃所需的片岩，他就把木枝削尖，再用火烤過，殺傷力當然跟石鏃不能比，但只要射對位置，還是能殺得死獵物……或是人。

小黛靜靜地看著他做這些，其實小黛才是製作這些武器的高手，但她完全不插手，也許是因爲肩膀的傷口還沒好，或是仍然有點發燒，使得她決定袖手旁觀。

如果只是袖手旁觀倒無所謂，但她卻三不五時做些小動作，像是將頭靠在他的肩膀上，用手指輕劃過他的手臂，最過分的一次則是對著他的耳朵吹氣。

那次讓瓦利嚇得把竹桿給燒焦了，但當他轉頭瞪著小黛時，小黛卻對他慧黠地一笑，讓瓦利一句話都說不出來。

不知爲何，她在掉下瀑布醒來後的一舉一動都讓瓦利感到有點不知所措。

彷彿是一隻惹人憐愛的小動物。

而且似乎還多了一些……一些瓦利形容不出來的東西。她還是小黛，聰明伶俐、帥氣強悍的小黛，但除了這些眾所周知的特質之外，小黛對瓦利還展現了一些極爲細微的、不會讓一般人看見的本質。

而這永遠改變了兩個人的關係，瓦利清楚地感覺到。

岩洞外颳起了風，讓火堆忽明忽滅。

「你的故鄉……是什麼樣的地方？」小黛看著那些不斷跳動的火燄，開口問道。

瓦利停下動作，他沒想到小黛會突然問這個問題，雖然他早就已經決定，總有一天要告訴她和亞沃自己的過去。

他只是還沒準備好，但誰都曉得，這種事哪可能有準備好的一天。

「那是一個小漁村。」

他說出口，比他原本想的容易許多。

「非常地小，小到每個人都彼此認識。我們捕魚維生，也會到樹林裡摘果實，在海灘上撿貝類，大部分時候，只要還能捕得到魚，那裡其實是個很好的地方。」

瓦利一邊說，手中的作業也沒有停下來，他將手中的竹桿烤直，用濕布擦拭著，突然產生一種錯覺，這就像是很久以前握著的魚叉。

「但並不是每個地方的漁獲都能讓人塡飽肚子，和這裡一樣，部落之間會互相鬥爭，這剛好是我那個村子的弱點，我們打架打得很爛，妳或卡修、任何一個海境獵人大概都可以輕易把那個村子的人殺光。」

感覺到身旁的小黛似乎縮了一下肩膀，瓦利轉過頭，摸摸她的頭，說道：「沒事的，我並不是要指控什麼，而是亞沃教了我狩獵和戰鬥後，我才第一次發現，原來消滅我村子的部落，其實也沒什麼了不起，他們只是依靠著人數以及殘忍來剝削弱小的部落，極度貪婪，毫無信仰和理念，但我們卻無條件地相信他們是偉大、無人可抗衡的，神的代理者。」

「神的代理者？」小黛疑惑地問道。

瓦利點點頭。「每當天災或飢荒發生，他們就會到各個村子搶奪物資，說這是天罰。然後到了那一年……光是搶奪物資已經無法再讓他們滿足，他們開始獻祭，我的家人與鄰居就是那群倒楣鬼。」

瓦利說著，語氣平淡，火光映照在他的眼睛，彷彿讓他的瞳孔燃燒了起來。

「直到今天，我還會夢見獻祭的情景，尖叫和鮮血，還有那些人的笑聲，他們覺得我們的死是榮耀，但他們自己卻不想要那種榮耀，還得派出一大批勇士來抓人……我們被繩索捆綁，數著尖叫聲，害怕什麼時候會輪到自己。」

「你是怎麼逃走的？」

「我的父親……他很會編織魚網，所以他也了解繩結的奧妙，他在被捆綁時做了手腳，讓那些人以為他被捆住了，但實際上，一等到晚上，他只要拉扯偷藏在手中的繩索末端，就能把繩索鬆開，他鬆開繩索後也把大家都放了……但是，我們都不擅長逃跑，所以很快就被發現，我們邊逃，他們邊射弓箭，等到了海灘，就只剩下我和父親，和我不一樣的是，他身上插著好幾支箭矢，最後只有我划著獨木舟離開……後面的事……妳都知道了。」

岩洞內默默無言，僅剩下兩人勻淨的呼吸聲和木枝燃燒的細碎聲響。瓦利感覺到小黛的身體與自己更加貼緊，她伸出手，手指從自己的臉龐滑過，接著她挺起身軀，半跪在地上，將瓦利摟進懷中。

然後，他清楚地感覺到，自己的額頭被一塊柔軟濕潤的東西輕輕觸碰了一下。

……她做了什麼？

「我還是不懂，你的玉管是怎麼來的？」小黛坐回他身旁，用手指挾起瓦利胸前的玉飾。

「……那是個有點蠢的夢。」瓦利感覺自己的臉頰紅了起來，像是有火在燒。「妳如果答應不生氣，我可以告訴妳那個夢的內容，但別太認眞，眞的就只是個夢而已，當時我被太陽曬得昏昏沉沉，而且快餓死了。」

小黛點點頭。

於是瓦利便將自己在海上漂流時遇見雲豹的經歷告訴小黛，故事非常短，而且毫無邏輯，像是瞎編出來的，就像所有古老的睡前故事一樣。

「當我醒來時，帕娜對我大喊著瓦利的名字，當時我聽不懂，但不知道爲什麼，那頭雲豹對我說的話突然在我耳邊響起，裡面也提到了瓦利這個發音，於是我就複誦了一遍。」

瓦利說完，搔了搔頭，然後看向一直默不作聲的小黛。

他嚇了一跳。

兩行眼淚從小黛的眼眶流下，滴落在地面。

她在顫抖著，看起來似乎非常憤怒，但臉上卻不可抑制地露出笑容。

「……爲什麼到現在才跟我說這件事？」

「呃……因爲……雲豹是海境部落的信仰，是守護神，我擔心說這個故事會因爲不敬被趕出去……而且，那就只是個夢而已。」

「你這個笨蛋！那才不是夢。」

小黛突然大叫起來，嚇得瓦利連連後退。

本來瓦利以爲她生氣了，但她臉上的表情與其說是生氣……更像是……興奮？

「雲豹跟你說的話是什麼？你再說一次。」小黛將臉湊近瓦利。

「呃……我的名字是瓦利？」

「就是這個！」

小黛緊盯著瓦利的眼睛，眼淚再次從她的眼眶中流出。

「和你對話的不是別人，是海境部落的祖靈，是祂保護你不被風暴吞沒的。」她的兩隻手掌捧著瓦利的臉，說道：「而且，祂已經告訴你祂的名字了。」

4

連星光都無法穿透的茂密樹林內。

卡修側躺在草叢中，身上沾滿了塵土和葉片。

他感覺到非常疲倦，卻毫無睡意，因爲他大腿上的傷口還在隱隱作痛，那是被巨石部落的石矛劃傷的，雖然割得不深，但在奔跑時一直牽動到，非常不舒服。

不過，那個在卡修腿上留下傷口的戰士已經再也不會感到疼痛了。

卡修還清楚記得他的臉，那是張年輕的臉，看起來年紀似乎比自己還要小個兩到三歲，根本還是個男孩。

「巨石部落在血祭時會把所有能夠戰鬥的男人派出去，即使仍未成年也一樣。」

亞沃解答了卡修的疑惑。幾十年前，他第一次上戰場時的年齡也和那個男孩相仿，只是他的戰技和運氣都比那個男孩好上許多。

卡修亦同，和瓦利一樣，這是他第一次殺人。

部落裡一直都會訓練戰鬥技巧，從小孩到老人都一樣，卡修是其中的佼佼者，同輩裡少數會讓他感到吃力的對手只有塔木拉和瓦利。塔木拉雖然身材魁梧，但反應不夠快，每一次都會因為技巧吃虧，即使如此，要制伏他也不容易，因為塔木拉討厭投降，每次比試最後都得弄到筋疲力竭才肯罷休。

至於瓦利就乾脆多了，他從來不死纏爛打，要認輸就認輸，但他學習速度驚人，總是很快就摸索出反制對手的技巧，相較起他剛來到海境的時候，差了十萬八千里，加入狩獵團的第一年，他甚至連馬沙都打不贏，只有射箭技術堪稱優秀。

可是，卡修每一次和瓦利交手，都會莫名地感到毛骨悚然。

單論力量和技巧，卡修有贏過瓦利的自信。

但如果是戰場上的生死拚鬥，可能就難說了。

卡修甩了甩頭，把這個令人不悅的念頭拋開。

「打瞌睡了？」身旁傳來刻意壓低的嗓音，是亞沃，他蹲在卡修身旁，一動也不動，彷彿和草叢合而為一。

「沒有……只是在想，他們在哪裡……」卡修說的「他們」指的當然是小黛和瓦利。

「沒事的，有瓦利在……而且小黛也是個優秀的獵人。」亞沃回答道。

「有瓦利在……哈哈……也是……」卡修忍不住笑了出來。

「怎麼了？」

「沒什麼，我只是想到第一次見到小黛時，我爸爸對我說：『這是未來的海境祭司，你要用生命守護她。』」

「海境的每個男孩都被這樣教導過。」

「是啊，我知道。」

卡修望著草叢外的火光，說道：「但當我看到她爲了救瓦利而朝朽屍衝過去時，我……」

「嫉妒了？」亞沃問道。

卡修點點頭。

亞沃嘆了口氣，拍拍卡修的腦袋，正要開口時，嘴巴忽然僵住了，他將手掌輕輕按住卡修的肩膀，示意他不要輕舉妄動。卡修伸手貼在亞沃掌背上輕輕捏了一下回應，然後閉起眼睛。

他們都聽見了。

人在草叢中移動的窸窣聲響。

卡修屏住呼吸，握緊手中的竹矛，這是他剛才削好的，製作快速，只要砍下竹桿削尖就行，缺點是不如石矛耐用。

但只用一晚是夠了，何況他們製作了好幾支。

亞沃手中也握著竹矛，兩人的玉矛都用繩索綁在樹上，避免因爲打鬥損壞。

在藏玉矛的大樹底下，生起了火堆，火堆旁插滿了撿來的樹枝，樹枝上堆了厚厚的雜草。

布置完成後，亞沃和卡修則躲進了一旁的草叢內，一邊休息一邊等待。

等待著敵人上鉤。

當然，亞沃並不期望這麼粗糙的陷阱能夠讓敵人中計，但要引起敵人的注意還是可以的。如果放著巨石部落的狩獵團不管，也許亞沃和卡修還是能夠成功逃走，但那樣等於讓回程的路上增添了危險。

與巨石部落交手多年，亞沃很明白血祭對他們的重要性，這些巨石獵人們無論如何都得多帶幾顆人頭回去。

想讓這些人放棄，只有反咬一口，讓他們徹底了解追殺海境遠征隊要付出多麼大的代價。

亞沃凝神看著大樹，對於周遭越來越頻繁出現的細微聲響毫不在意。

弓弦聲響起，數支箭矢擊中了放置在火堆旁的雜草堆。

又是一陣靜默。

最後，終於有兩名巨石獵人小心翼翼地走出草叢，來到火堆旁，他們用石矛戳了戳堆在樹枝上的雜草，然後將其翻開，見到裡面空無一人後，吐了一口氣。

就在此時，亞沃伸手拉扯放在他腳邊的繩索。

這條繩索一路延伸至大樹的枝幹上，末端繫著一個巨大的芋葉包裹。

葉片裡包著的，是泥土。

位於火堆的正上方。

塵土傾瀉而下，兩名巨石獵人以為遭受攻擊，跳了起來，拔腿狂奔。

當然他們很快就發現到那些撒落在身上的只是一些泥土罷了。

然後轉瞬間，世界變得一片黑暗。

火堆被落下的泥土掩蓋，熄滅了。

巨石部落的獵人們都沒有點亮火炬，因為他們本來的打算就是要突擊，自然不能拿著火炬打草驚蛇，早在遠處就把火炬熄滅了。

卡修站起身來，睜開眼睛，用盡全力將手中的竹矛擲出，比起那些因為持續注視火堆而瞬間眼盲的巨石部落獵人，他透過尚未熄滅的點點星火看得非常清楚。

竹矛無聲無息地劃過黑暗，刺進一名巨石獵人的腹部，他本能地慘叫，身體還未倒下，另一支竹矛隨即戳進了他的胸口。

亞沃拔出竹矛，反手擲向朝自己跑來的巨石獵人，他狂奔的腳步聲徹底洩露了他的位置。

除了腳步聲，還有釋放弓弦的震動聲，以及年輕獵人恐懼的呼喊聲，全都成了最好的攻擊目標。

卡修往側邊拋出一顆石頭，用石頭落地的聲音引開敵人的注意力，然後抱起竹矛，緩緩向前移動。

黑暗中的獵殺，才正要開始。

第五章・深谷部落

1

「找到了，是亞沃爺爺留下的記號！」小黛指著插在樹幹上的石片，興奮喊道。

離開岩洞已經是昨天的事情，瓦利和小黛昨天一早出發後，先是回到了遠征隊遭遇伏擊的瀑布上游，所有戰死者的遺體都已經不見，倒是在樹林裡找到了三塊土丘，泥土翻動的痕跡還很新，在土丘旁邊的大樹上，插著亞沃用來標記的石片，看來這三個土丘應該是他們埋的。

兩人循著石片指向的方位，在一百步外找到了另一個標記——用石片在樹幹上刻劃的線條，然後兩人繼續依照著線條缺口的提示，在一百步外找到了第三個標記——在大樹周圍排列的石圈，它的缺口指向下一個插在樹幹上的石片標記。

就這樣周而復始，標記一個接一個被找到，兩人也快速接近亞沃與卡修的所在地。

一路上，巨石部落的獵人都沒有再出現，可能他們判斷要追殺遠征隊其他人的代價過高，所以就放棄了也說不定。

如果是這樣就太好了，瓦利在心中如此盼望著。

接近正午時，他們已經離開山林，來到一條寬闊的河床邊。

沿著河道往上游走，就會抵達深谷部落。

眼見目的地就在眼前，瓦利和小黛的內心開始感到雀躍。

但同時也有擔憂。

他們身上沒有帶著半粒稻米，那些稻米都分袋裝進竹籃裡，由搬運組揹負著，在瀑布上游遭遇伏擊時，搬運組的成員大多遇難，兩人昨天再回去瀑布上游，連一個竹籃都沒找到，很大的可能性是被巨石部落的獵人帶走了。

如今能夠寄望的，就是亞沃和卡修，雖然逃跑時都把竹籃丟棄了，但或許他們再回到原地時有找到一、兩個巨石部落獵人們沒有帶走的竹籃也說不定。

當然，另一個能夠寄望的人，是馬沙，雖然他到現在還是下落不明。

過了這兩天，瓦利對於馬沙已經不再感到憤怒，這種心境轉變很神奇，因爲在發現馬沙丟下帕娜和其他人逃跑時，瓦利恨不得揑死他，把他丟到朽屍面前，讓他嘗嘗帕娜和塔木拉所遭受的痛苦。

但是，如果馬沙那天沒有逃走，海境只會再多一具屍體而已，沒有任何幫助。

瓦利從來到海境後就不喜歡這個人，他膽小、懦弱、自私、愛欺負弱小。

可是當塔木拉躺在石板棺裡時，只有馬沙願意替他流淚。

他們是眞正的朋友、兄弟。

現在，瓦利很希望馬沙能夠活下來，即使他把竹籃扔了都沒關係。

只要活著就好，活著就會有希望。

在日落之前，瓦利和小黛終於抵達了深谷部落的入口。

在入口旁的一顆巨大岩石上，坐著一個熟悉的人影。

「我好擔心你們。」一臉笑意的卡修跳下岩石，輪流擁抱了瓦利與小黛，他身上多了好幾道傷疤，顯然那天逃跑後，他還遭遇了激烈的戰鬥。

「爺爺呢？」小黛問道，她環顧四周，都沒有看見亞沃的身影。

「他沒事，他在深谷部落頭目的家屋。」

那天他們分開後，亞沃和卡修帶著一名搬運組的隊員逃走，但那名隊員因爲失血過多，沒能撐過當晚，剩下的兩人一整夜都邊逃亡邊和敵人交戰，憑藉著策略與優秀的戰技，倒也反殺了不少巨石部落的獵人。

「到了早上他們就撤退了。」卡修說得輕描淡寫。「後來我們回到瀑布的上游，另外兩個夥伴的屍體還留在那邊，屍體少了首級，那些混蛋只把竹籃和人頭給帶走，於是我們就把他們先埋在樹下，等這次遠征結束後，再帶人來將他們運回去埋葬。」

海境人相信，在外地死亡的族人，無論如何都必須要將屍體帶回海境，靈魂才得以回到聖靈山。

三人又聊了一些分別後的遭遇，和瓦利與小黛相同，亞沃和卡修也沒有遇見馬沙。

三人走入深谷部落，就如同這個部落的名字，它坐落在山谷之中，四周群山環繞，房舍沿河道而建，依序排列，櫛比鱗次，但因爲地形高低起伏，所以令人想起嘴裡一顆顆的牙齒。

「我們中午就到了，本來預計取完玉器立即離開，但出了一些問題……」

「什麼問題？」

卡修轉頭看了一下，低聲說道：「深谷部落的祭司不久前才過世，好像是因爲生病，總之死得非常突然，深谷部落裡幾個重要的氏族全都一團亂，因爲這樣的事情前所未見。」

「那跟我們的任務有什麼關係？」瓦利一臉不解。

在他身旁的小黛開口解釋道：「現在離收穫祭還太久了。」

每年收穫祭前，海境部落的狩獵團都會拜訪深谷，他們會帶著海境的稻米和鹿皮，因爲深谷只產小米，不產稻米，所以爲了感謝海境獵人們特別帶來釀酒的稻米，深谷人也會端出豐盛的野菜和醃肉，配上早已釀好的小米酒饗客，慶祝多日後，賓主盡歡，深谷人才會贈予玉石和玉器，作爲兩個部落間世代友好的信物。

「如果我們身上還有帶著稻米的話，可能還能夠通融，但問題是我們現在不僅沒有稻米，連鹿皮或是海鹽之類的東西也沒有，簡單地說就是兩手空空，所以爺爺就只能去拜託深谷部落先將玉器交給我們，以古老盟約的名義……而這些盟約，大多只有部落祭司才有權力執行。」

「沒錯，而且新的祭司只有十二歲，她一年前才被任命爲祭司學徒，還沒有完成修業，雖然她願意接受我們的請求……不過，她的家人都沒把她放在眼裡。」卡修一臉凝重地說道。

和海境部落一樣，深谷部落的領導核心是祭司家族，但在海境部落，頭目與祭司必然是伴侶、夫婦，當然偶爾會有其中一方先過世的問題，但就像芭黛和法甌的關係，芭黛的丈夫過世後，必須得由下一任祭司，也就是法甌的丈夫接任頭目，而芭黛也會盡早完成法甌的祭司訓練，並正式將位子交付給她。

而在深谷部落，祭司和頭目的關係卻是姊弟或兄妹，頭目均由祭司最年長的哥哥或弟弟來擔任，所以偶爾會出現因爲祭司與頭目年齡差距過大，導致權力完全往某一方集中的情況。

新的深谷部落祭司阿慕伊只有十二歲，而現任頭目，也就是阿慕伊的舅舅吐烏拉則是年近四十歲的壯年男子，阿慕伊的長兄波亞克是下一任的頭目，今年二十一歲，現在擔任深谷戰士團的領袖。

附帶一提，包括波亞克在內，阿慕伊總共有五個哥哥，這五人因爲同屬祭司家族，所以都具有對部落事務的發言權。

而且這五個人都對阿慕伊這個年紀最小的妹妹非常溺愛，但同時也過度保護，簡單來說就是不把她講的話當一回事。

「畢竟才只有十二歲，而且祭司修業也還沒完成，沒人願意聽她的命令也是理所當然。」

小黛嘆了一口氣，她也是祭司學徒，非常能夠體會身處於這個位子的難處，因爲祭司的身分並非只是一個頭銜而已，也必須被族人信任，而信任源自於祭司無人可取代的能力。

「十二歲又怎麼樣，我倒是認識一個十歲就能指揮整個狩獵團的女孩。」卡修笑嘻嘻地說道。小黛哼了一聲，沒有理會他。

「你才來半天而已，怎麼會知道這些？」瓦利問道。畢竟這些資訊應該都不會公開，領導深谷部落的那些重要氏族也不會隨意把這些事情告知外人。

「呃……我去年來這裡時交的朋友告訴我的。」卡修臉上露出尷尬的表情。

「朋友？」瓦利和小黛齊聲問道。

以卡修處處與人為善的性格，來到深谷部落能交上幾個朋友一點都不奇怪，但他那一臉心虛的模樣頗令人感到可疑。

這時，不遠處傳來了叫喊聲。

三人轉過頭去，只見一名矮小的年輕男人走了過來，他雖然身高比小黛還矮了三個指節的高度，且皮膚黝黑，看起來不大起眼，但笑容卻很燦爛，令人心生好感。

卡修向他舉起手。

「我跟你們介紹，這是深谷部落的吉米克，也就是我上次提過的，摔跤很厲害的深谷戰士。」卡修向瓦利和小黛說道。

但吉米克聽了卡修介紹自己的詞語，眉頭卻皺了起來。「摔跤很厲害的深谷戰士？卡修兄弟，你怎麼能這樣形容我。」

「咦……怎麼了？」

「那天贏的人可是你耶，你是在炫耀嗎？說你的手下敗將是個深谷戰士讓你很得意？」

面對吉米克的質問，卡修張大了口，連忙說道：「不，我不是這個意思，而且我只是運氣好才贏的，我都跟他們說你厲害得超乎我想像……」

「厲害得超乎你想像？意思是你一開始根本瞧不起我，認爲我只是個矮子，肯定沒什麼力氣，覺得我輸定了？」

「不不不……我……」卡修語塞，完全不知道該怎麼解釋，感覺越解釋就越糟。

吉米克瞪著卡修苦悶的臉，忽然哈哈大笑了起來。

正當三人都一臉錯愕時，吉米克伸手勾住卡修的頸子。「開個玩笑罷了。你們好，我是吉米克，就如卡修兄弟所說，我是他摔跤上的手下敗將，但要比鬥嘴，我可是比他強了一百倍。」

瓦利和小黛鬆了一口氣，也隨即笑了起來。

「搞什麼啊！別嚇人好嗎。」發覺自己被耍了的卡修大聲叫道。

「這是深谷部落的傳統，和一個人的交情有多深，和他開玩笑就得有多狠，以剛剛那個玩笑來說，還只是入門等級而已喔。」

「饒了我吧，你們的鬥嘴和玩笑我都承受不起。」

「別這麼說，連鬥嘴都不會，將來怎麼當我妹夫？」

吉米克這話讓瓦利和小黛紛紛豎起了耳朵，但卻彷彿在卡修臉上用力揍了一拳，卡修的臉瞬間漲紅起來，急急忙忙抓著吉米克的肩膀搖晃，說道：「先別扯這個了，我們還有很重要的事要辦，你有什麼好點子嗎？」

「很重要的事……喔，你是說玉石啊？」

「對！有沒有其他方法可以讓我們帶玉器回去？不然你直接帶我們去礦場也行，拜託了，這件事非常緊急！」

卡修神情激動，幾乎要向吉米克跪下來了，雖然看在瓦利和小黛眼中，他之所以這麼激動的理由似乎並不單純，但玉石確實才是此行最重要的目的，所以兩人都沒有多說什麼。

吉米克搖搖頭。

「不是已經說過了嗎？沒辦法就是沒辦法，你們怎麼會覺得可以兩手空空來深谷，然後帶著豐盛的寶物離開呢？更別說還想打礦場的主意，深谷部落的每一個族人都肩負著守護礦場的重任，外人想要擅闖，我第一個把你的腦袋割下來。」

「可是……盟約……」

「盟約是一回事，但朽屍是否出現又是另一回事。先說好，我是相信你們的，我認爲你不會騙我，我相信朽屍眞的出現了。」

吉米克一手搭著卡修的肩膀，認眞地向他說道。

卡修面露喜色，但吉米克隨即說道：「可是其他人大多不相信啊，很多人聽見你們的要求簡直氣瘋了，覺得你們這次根本就是來搶劫的，即使我願意在會議上替你們講話，但是頭目會因此相信你們嗎？波亞克相信你們嗎？就連阿慕伊到現在都還是半信半疑，我們應該要想辦法說服這些人，而且你們最好另外想一個足夠實際的理由，讓深谷部落的族人們心甘情願平白送出這麼多玉器。」

這番話將卡修說得啞口無言，對於尚未體驗朽屍之恐怖的深谷部落來說，自然會覺得這次海境狩獵團極爲無禮，若非顧念兩個部落過去的友誼，恐怕早已下逐客令了。

如果這附近出現朽屍的話，或許就能讓他們相信了吧，偏偏遠征隊從出發之後，直到現在都沒有再看過朽屍的影子，在缺乏有力證據的情況下，也難怪深谷部落的居民們無法相信亞沃一行人，並且願意提供必要的援助了。

「你說的沒錯……」小黛對吉米克說道。儘管吉米克把卡修當成好友，但部落裡的決策都必須經過長老會議，不可能靠私人情誼來左右。

就算是頭目也一樣。

一個部落的頭目如果會因爲私人情誼而隨便犧牲部落利益，破壞部落規矩，那這個頭目的位子肯定也會坐得不太安穩。

「那麼，換個想法如何。每年都是海境狩獵團來深谷拜訪吧？」小黛問道。

吉米克點了點頭。

「今年請深谷部落的朋友們來海境作客如何？當然，作爲贈禮的玉器全由各位自行攜帶，我們絕對不會染指。」

聽了小黛的提議，吉米克呆了半晌，接著立即露出笑容。

「這倒是個好主意，長老們或許會接受這個提議，他們雖然不太相信朽屍的事，但對於盟約倒是挺堅持的，我也可以說服頭目讓我帶一些部落裡與我要好的夥伴去海境……畢竟是友好部落間的交流，其他人也不能否決，最重要的是這個提議可以爭取頭目替你們講話，他一旦表態了，氣氛就會變得不一樣。」

接著，吉米克打量了一下小黛，然後用手肘碰了一下身旁的卡修，笑道：「欸欸，這就是你說的那位祭司學徒大人對吧？眞是個好女孩啊，又聰明，也難怪你……」

話還沒說完，吉米克的嘴巴就被卡修一把摀住。

「多餘的話就別說了。吉米克，這件事什麼時候可以搞定？我們得盡快啓程。」

吉米克發出了嗚嗚聲，卡修一怔，放開了手。

嘴巴被鬆開後，吉米克說道：「居然摀著人的嘴巴問問題，那話都讓你們講就好了，其他人都別想開口了。」

「誰教你一直講一些不相干的話！」

「我卡修兄弟的愛情故事怎麼會是不相干的話呢？那可是我能拿來在喝酒時聊一輩子的話題啊。」吉米克笑著說道，他似乎覺得調侃卡修很有趣。

「我現在就去找頭目，等他答應後我就去找一些能跟我去海境的勇士。你們今晚就住在我家吧，順利的話，明天一早我們就出發。」

小黛和瓦利點點頭，只有卡修面有難色，原本聽了吉米克前半段的話才出現的笑容，聽完後笑容卻凝結了。

「……住你家？」卡修遲疑地說道。

「當然，不然你們還有其他地方能休息嗎？你們剛趕了這麼遠的路，難不成你想要睡在河谷的石頭上？」

「當然不是……好吧，麻煩你照顧了。」

「哈哈，照顧你們的可不是我啊，我晚上得整理你們想要的玉器，按照你們的說法，我們要帶去的全都得是武器才行，整理完還要讓頭目清點呢。」

說完，就在吉米克的催促下，一行人邁步往吉米克的家前進。

「等等，我們得跟亞沃爺爺說一聲，否則他突然要找我們怎麼辦？」小黛突然想到。

但吉米克卻向她搖了搖手掌。「別擔心，亞沃老爹還在頭目那說服他們，等會我去跟他說一聲就行了。」

「亞沃爺爺還在說服頭目？」

「是啊，頭目遲遲不肯表態，那個老爹就死賴著不走，他可眞能忍，被波亞克嘲弄成那樣還能忍著不發脾氣。」

嘲弄？

瓦利彷彿可以想像那個難堪的畫面，老邁的亞沃被深谷族人包圍，一言一語地奚落著，好像他是個無恥的騙子一樣。

「帶我去找他！」瓦利、小黛和卡修三人異口同聲地說道。

吉米克看了三人一眼，搖頭嘆氣道：「算了吧，你們想毀掉他的努力嗎？別忘了你們此行的目的是什麼。老實說我不知道頭目在想什麼，但至少亞沃老爹的忍耐讓我和阿慕伊願意相信你們。別惹事，好好把玉器帶回海境就好。」

三人緊盯著吉米克，過了一會，肩膀和眼神才放鬆下來，一起點了點頭。

「這就對了，今晚好好大吃一頓，去泡個溫泉吧，我妹妹露珀會照顧你們。」

行走了一段路後，一行人來到吉米克的家，他的父母均已亡故，他又仍未娶妻，所以房子只有他和妹妹兩人居住。

進入室內，吉米克高聲喊著露珀的名字，但都沒見到人影。

「那孩子，不曉得跑到哪裡去了。」吉米克搔搔頭，一臉無奈的模樣。

在屋子的一角，放著一個石台，上面擺了一些加工玉器的工具。

瓦利走上前，發現石台旁邊有一個木架，架上放著幾枚剛完工的玉飾。青翠的玉石隱約泛著綠色的光芒，透過飾品細緻的表面紋理，可以想見加工時的細心。

「雖然礦區附近也有加工廠，但那邊的做工比較粗糙，自己要用，還是在家裡慢慢磨，才會做得比較漂亮。」吉米克向瓦利解釋道。

因爲深谷部落近年來和多個部落的往來越來越頻繁，那些部落來訪時自然也會帶來許多土產，而深谷人用來回禮的礦石需求量也越來越大，所以設置了玉石的加工廠，但因爲並非自用，所以在加工時就不會精雕細琢，並非深谷人的工藝能力差勁。

吉米克生起了火堆，然後煮了月菊花茶，用竹杯斟了後，遞給每一個人，正要開口說話，忽然外頭傳來急促的腳步聲，接著一名氣喘吁吁的女孩出現在門口。

「……抱歉……我在溪邊摘野菜，忘了時間。」女孩說道。

從外表看來，她應該仍未成年，似乎比小黛和瓦利還要年幼些許，雖然穿著簡單，但因爲面貌姣美，更顯得可愛，一頭烏黑的長髮梳至腦後，以髮帶固定，手裡還抱著提籃。

吉米克走上前，拍拍女孩的肩膀，說道：「這是我的妹妹露珀。那麼我就先去頭目那了，你們別太拘謹，就當作自己家吧，晚點見。」

說完，吉米克便頭也不回地走出了家屋。

露珀向各人一一點頭致意，然後走到屋角，端起一個大蒸鍋，往裡加水後，放在屋內的火堆上。

接著她走出屋子，過不多時再度返回，回來時手上多了一些植物和食材。

小黛上前想要幫忙，被她委婉卻堅定地拒絕了，這女孩的外表雖然柔弱，但個性竟然頗爲強硬。

露珀用假酸漿葉片包裹了小米和食材，外層再覆上月桃葉，然後用細繩捆綁，放入蒸籠裡面蒸熟，這種小米製成的飯糰是許多部落經常用來招待客人的料理。

蒸氣冉冉上升，各種食材混合在一起的香味四溢，令人感到垂涎欲滴。

在食物蒸好後，露珀把小米飯糰全裝在一個大陶盆中，放在從海境來的客人面前。

瓦利看著食物，卻不知該如何下手，他本來就缺乏到別人家作客的經驗，更別說是另一個部落，他轉頭看向卡修和小黛，卻見他們兩人泰然自若地直接拿起飯糰，向露珀致意後，便解開細繩，拿掉月桃葉，開始大快朵頤了起來。

「別發呆啊，來深谷人家裡吃飯，不吃撐可是很沒禮貌的。」卡修用手肘碰了一下瓦利，低聲說道。

聽見卡修的話，瓦利連忙拿起一個飯糰，也津津有味地吃了起來。才吃了兩口，突然聽見外邊傳來聲響，接著家屋的門被用力推開，一名身材嬌小的少女走了進來。

少女衣著華麗，身上穿戴著不少玉飾，她的外表靈動秀氣，但表情卻不像同年齡女孩那樣無憂無慮，彷彿籠罩著一層陰霾。

露珀看見少女，連忙迎了上去，只見少女揮了揮手，向露珀說了幾句話後，逕自走到卡修身旁。

「你是卡修？」她說話的語氣和她的表情一樣，彷彿一直帶著不悅。

「是……是的，請問有什麼事？」卡修將口中正在咀嚼的食物嚥下，狐疑地說道。

少女沒有回答卡修的話，她的視線以極快速度掃過瓦利和小黛，繼續問道：「這兩位也是從海境來的客人嗎？」

「是的，我們三人都是。」小黛回答道：「我是法甌之女黛拉絲，這位瓦利則是亞沃的孫子，很高興能夠認識您，阿慕伊祭司。」

聽見小黛的名字，少女愣了一下，但她倒是沒有因爲小黛認出自己而感到驚訝。

一旁的卡修和瓦利卻嚇了一跳，雖然卡修去年來過深谷部落，但他大多數時間都和男人們待在一起，即使有見過這個少女的臉，他也忘得一乾二淨。

卡修低聲向小黛問道：「妳怎麼知道她就是深谷部落的祭司啊？」

小黛微微一笑，正要回答，阿慕伊卻開口說道：「她是從我戴的耳飾認出我的，畢竟是祭司學徒，當然會知道。」

瓦利看向阿慕伊的耳垂，上面果然佩戴了一件和海境祭司所佩戴的耳飾極爲相似的人獸形玉玦，假如小黛沒把自己的那塊玉石製成矛頭，那塊玉石就會製成人獸形玉玦，在小黛成爲祭司的那一天，佩戴在她耳垂上。

阿慕伊繼續開口說道：「不說閒話了，我來這裡是想要請教一件事。」

「請說。」

「海境的遠征隊中，是否有一個名叫馬沙的男人？」

「馬沙！」

小黛等三人都吃了一驚，沒想到居然會在阿慕伊口中聽見馬沙的名字。

「是的，他是我們的同伴！」瓦利說道：「他也來到深谷了？他平安無事嗎？」

阿慕伊點了點頭，隨後又立即搖頭。「不算是平安無事，但也沒有生命危險，總之，我先帶你們去找他。」

說罷，阿慕伊便轉身出門。瓦利等三人互看了一眼，決定跟上，卡修走向露珀，請她轉告吉米克此事，露珀則探頭在卡修耳邊低聲不知說了些什麼，說得卡修面紅耳赤。

瓦利一臉狐疑地看著卡修，但小黛卻笑嘻嘻的，卡修沒有說話，低頭走出吉米克的家屋。

三人追上阿慕伊，她沿著坡道往上游走去，深谷部落的夜晚相較海境更加漆黑，雖然許多地方都插著火把，但沒有照明的道路經常伸手不見五指。

走了一段路，阿慕伊似乎因爲走得太急，而感到有點累了，她停下腳步，用手抹去額頭的汗珠，然後低聲罵了一句：「吉米克那傢伙，眞是個笨蛋。」

「什麼？」卡修站得離阿慕伊最近，聽見她突然罵人被嚇了一跳，下意識地反問道。

阿慕伊瞟了卡修一眼，說道：「居然放著露珀和你共處一室，不是笨蛋是什麼？話說回來……你也是笨蛋——不對，你比笨蛋還笨，是笨笨蛋。」

「……妳也說得太過分了吧。」卡修皺起眉頭，沒想到這個小女孩居然如此凶悍，忍不住回嘴，但阿慕伊卻沒有要停止的意思。

「我可是憋了好久，當然要罵個痛快。你知道露珀因爲被你拒絕哭了好久嗎？是看她父母過世就想欺負她嗎？我告訴你，你要是敢欺負露珀，我和深谷的族人們都不會放過你！」

「沒有沒有沒有！我沒這麼想！」

「騙子！還敢說沒有！」

「眞的沒有！」

「那你幹嘛拒絕她？」

「……這……她年紀太小了……」

「那又怎麼樣？只不過比你小兩歲而已，她明年就成年了，我年紀比她更小，現在不也是部落祭司？」

「……這是兩回事吧，而且我眞的只把她看作好朋友的妹妹而已，沒有其他想法。」

「我最生氣的就是這個，你對她沒意思幹嘛對她那麼好，還送她那麼大的貝殼？」

「貝殼？我也常常送我妹妹貝殼啊……」

卡修搔著後腦，一臉困惑，但他馬上感覺到繼續和阿慕伊說下去，只會讓她越來越生氣，正在苦惱時，卻瞥見站在一旁的瓦利和小黛兩人正在隔岸觀火。

「欸！你們兩個，別只會在那裡偷笑，幫我跟她解釋一下啊！」卡修向瓦利和小黛大喊。

「要幫你解釋什麼？」小黛反問道。

「這……像是送貝殼這種事在海境很普通，沒什麼特別的含意……」

「喔！對啊，送貝殼眞的沒什麼特別的，卡修送過很多女孩貝殼喔，除了貝殼外，他還會送漂亮的石頭和葉子，送女孩禮物這對他來說是很普通的事情。」

「小黛……妳還是閉嘴吧……」卡修瞪著小黛，一臉被背叛的表情，無法相信這就是與他一起長大的青梅竹馬。

「……卡修有送過我野豬牙，在我第一次參加獵季時，爲了祝我狩獵順利。」瓦利向阿慕伊說道：「而我也曾送他鹿角，在他去年成年式時。海境獵人常把在狩獵時找到的東西送給族人，有時候只是單純爲對方祝賀，或是表達感謝而已。」

「沒錯！就是這樣。」卡修連連點頭，一臉深受感動的模樣，「你比某個只會故意煽風點火的傢伙好太多了。」

聽了瓦利的解釋，阿慕伊沒有說話，她逕自前行，三人也只能繼續跟上。

又走了一段路，一路上經過了許多屋舍，深谷和海境一樣，家屋多是以石板爲立柱，但石柱相較起海境來得低矮了一些，屋頂鋪設茅草，牆面則是以竹子和木頭建成，從外面可以隱約看見屋內的火光，但不知爲何，有幾間家屋卻是漆黑一片，似乎完全沒人居住，連院子都長滿雜草，各種器物散落在地。

瓦利和卡修及小黛三人交換著視線，心裡都有疑問，但沒有說出口。

在海境，通常不會讓家屋就這樣荒廢著，即使兒女蓋了新的家屋，父母都過世了，也會有同個氏族的其他人入住，而且，父母與兒女的家屋大多比鄰而居，要不然就是在很近的距離內，即使短時間無人入住，兒女也會回去清理環境，絕對不會任由家屋被雜草吞沒，那是對祖靈非常不尊敬的行爲。

最後，就在小黛忍不住要開口前，阿慕伊轉過身來，說道：「很抱歉讓你們看見這些景象，但這些無主的房舍在不久前仍是人丁興旺的家屋……」

「是因爲瘟疫嗎？」小黛問道。

與部落間的戰爭比起來，瘟疫更加令人害怕，無論多麼勇敢強壯的戰士，在瘟疫面前都不堪一擊，三人從小就聽了不少海境幾十年前遭遇那場可怕瘟疫的故事。

「……短短二十幾天，奪走了超過一百人的生命，其中也包括我的母親。」阿慕伊眼中含著淚水，緩緩說道：「我不知道吉米克向你們說了什麼，他是深谷的男人，深谷的男人不會向外族人示弱，我必須得說這場瘟疫對深谷打擊很大……聽說海境是個擁有豐沃耕地與廣大獵場的強大部落，可是深谷兩者皆無，雖然在祖靈的庇佑下，我們的獵場和耕地勉強可以維持部落的食物供應，但很多時候，我們也依賴著以玉器來得到許多深谷缺乏的物資。」

阿慕伊抹去眼淚，瞪視著從海境來的三人，眼神淩厲。「現在，請親口告訴我，你們眞的曾與朽屍作戰過，爲了對抗朽屍，你們要從深谷帶走玉器。」

三人與她對視良久，終於，小黛開口說道：「是的，我們與朽屍作戰過，沒有深谷的玉器，我們無法對抗它們，海境部落會像掉入火坑的葉片，被朽屍徹底消滅。」

語畢，在她身旁的瓦利與卡修也緩緩點了頭。

阿慕伊轉過身去。

「那麼……我會盡力幫助你們……雖然，深谷今年的冬天，恐怕會格外寒冷。」

四人來到河川上游，此處有溫泉的湧泉，但因爲最近這段時間都沒有下雨，河水大約僅深至小腿肚，地面石堆遍布，圍成圓圈，本來是用來攔住水流以供人在圈內浸泡的，但現在圈內的水量也不多。

四周煙霧瀰漫，僅有數支火把提供少許光亮，透過霧氣，可以看見幾道人影，以及細微的談話聲。

四人來到一處平坦石地，只見兩名手拿長矛的深谷戰士和阿慕伊打了招呼，然後從他們身旁的大石後方拖出了一個人。

那人披頭散髮，衣衫不整，四肢都被繩索捆綁，臉上鼻青臉腫，眼角依稀看得見淚痕，即使如此，仍可看出他本來的長相似乎頗爲俊俏。

此人正是先前不知去向的馬沙。

「喂！你們把他怎麼了？」

卡修跑上前去，拍了拍馬沙的臉頰，馬沙雙目緊閉，但似乎還有呼吸，被卡修輕輕搖晃後，竟打起酣來了。

阿慕伊冷眼看著一臉尷尬的卡修，說道：「這個人突然出現在這裡，意圖襲擊來此洗澡的女孩。」

2

吉米克的家屋內，海境部落的四個年輕人重聚一堂。

接連在口中塞了兩個用假酸漿葉包裹的小米飯糰後，馬沙將竹筒中的水一飲而盡。

和亞沃與卡修對抗了敵人一整晚不一樣，馬沙當時拚了命地逃跑，卻在山裡迷了路，他本來體力就差，整日奔波更讓他筋疲力竭，但瞎貓碰上死耗子，雖然在山中繞了一大圈，最後卻讓他找到了深谷部落的溫泉。他去年來過這裡，知道自己已經在深谷部落的領地，所以一看到人影就連忙大喊大叫，沒想到居然是一群來洗澡的年輕女孩，她們看見馬沙朝自己衝過來，自然是尖叫著逃走，一陣混亂後，馬沙就被趕來的深谷戰士給痛揍一頓，然後五花大綁了起來。

馬沙一邊講述自己逃跑的過程，一邊承受著瓦利與卡修冰冷的視線。

「你們幹嘛？別這樣看我，我又不是故意闖進那些女孩洗澡的地方，再說了，還不是你們護衛不夠盡責，才害我得像條狗一樣逃命。」馬沙面紅耳赤，大聲地抱怨道。

「我們什麼都沒說，是你自己心虛。」卡修說道。瓦利點點頭。

本來以爲找到了馬沙，或許可以解決遠征隊現在遇到的困境，畢竟馬沙是搬運組成員，即使他只揹了一籃稻米，但能夠增加手上的籌碼總是好事。

沒想到馬沙雖然身上還揹著竹籃，但他在遇襲時跌了一跤，竹籃側邊破了一個大洞，裝在竹籃裡的一袋袋稻米，大多隨著馬沙在逃命時的劇烈顛簸而遺落。

等到馬沙發現時，只剩下卡在籃底的一小袋稻米。他不敢把稻米繼續放在竹籃裡，於是就將那一小袋稻米抱在懷中，一路來到深谷。

而那袋碩果僅存的稻米，則被阿慕伊帶走了。

卡修搓著額頭，嘆了口氣。

「但只剩下這麼一小包，恐怕也換不了什麼，一個弄不好，說不定還會讓深谷頭目認爲我們在嘲諷他們太小氣，再加上某人的行爲，別說給我們玉石，恐怕我們還沒天亮就要被轟出去了，那些女孩的家人現在正成群結隊在外面找我們，要我們給個交代呢。」

「……眞的假的？」

「你說呢？」

「不……這也太誇張了吧，只不過是誤闖……」

「畢竟對你來說沒什麼損失嘛，而且還大飽眼福了一番。」卡修酸溜溜地說著，嘆了口氣，故意將目光從馬沙身上移開。

馬沙聽了他的話，張大了口，臉上一陣紅一陣白，但又不知該說什麼，最後只能垂下頭。

安靜了一會，突然小黛發出一聲嗤笑，然後卡修和瓦利也跟著大笑起來。看到他們大笑的馬沙愣了半晌，才發現自己被耍了，「可惡！卡修你這傢伙！」

「哈哈哈！抱歉抱歉，但這實在太有你的風格了，我都等不及回到海境向大家述說馬沙的英勇故事——一袋米的守護者，哈哈——」卡修閃身避開了馬沙揮過來的拳頭，一蹦一跳地逃出門，馬沙跟著追了出去，留下瓦利和小黛。

小黛和瓦利好不容易才止住笑聲，笑完之後，心情感覺輕鬆了許多。

雖然很失望，但所有人都沒有想責怪馬沙的意思，以當時遇襲時的慘烈戰況，能夠保住性命就難能可貴了。

想起死去的遠征隊隊員，瓦利心情又沉重了起來，雖然瓦利和他們交情不深，但他們談話時的聲音笑貌仍刻印在瓦利的腦海中。

屋外忽然傳來急促的腳步聲，瓦利和小黛對看一眼，站起身來。

露珀嬌小的身軀出現在門口，她似乎是用盡了全力在奔跑，喘得上氣不接下氣。

「頭目做出決定了！」

3

深谷頭目的家屋內。

亞沃端坐在草蓆上，看著參與會議的眾人口沫橫飛地爭論著，坐在他身旁的深谷部落頭目吐烏拉則一言不發，只靜靜地倚靠著背後的牆，好幾次，亞沃都懷疑他是不是已經睡著了。

亞沃不是第一次來到深谷部落，即使他並不特別熱衷交際，但身為狩獵團的領袖，拜會血盟部落是應有的禮節。近幾年他都盡量把帶隊的任務交給狩獵團的其他獵人，一方面是因為擔心帕娜有突發狀況，使得他不敢遠行，再者則是他已經年邁，也該讓年輕人多累積經驗了。

只是，六年來都沒有拜訪深谷部落，這次一來訪，卻遭受了前所未有的冷淡對待。

嗯……與其說冷淡，更正確的說法應該是粗魯。

與會的年輕人都對亞沃毫不客氣，當然，亞沃在會議中還是有一些熟人，也就是他從前來深谷時結交的朋友，這些人佔了將近四分之一。

但他們都不表示意見。

其中也包括了深谷頭目吐烏拉。

亞沃認識吐烏拉時，吐烏拉仍是個少年，是個略顯木訥的害羞大男孩，但他表現出來的強韌意志力令亞沃印象深刻，當時他揹著爲了進行祭司學徒修業而不小心摔斷腿的妹妹從河流的最上游走回部落，沒有一句抱怨，內斂的性格與其他熱情豪放的深谷人大相逕庭。

想到此處，亞沃腦中浮現了剛剛在會議中大吼大叫的年輕人面容，他反而更像傳統的深谷人，直率、英氣勃勃，對自己的力量充滿自信，但也容易散發過剩的敵意。

年輕的深谷戰士最後因爲行爲過於失態，而被長老們勸說退出會議，他雖然極爲不滿，但也乖乖地離開，留下其他年輕一輩與長老們繼續辯論。

波亞克——這個剽悍的年輕人將會是未來的深谷部落頭目。

亞沃並不討厭這個年輕人，畢竟如果亞沃身處於他的位子，短時間內遇到了這麼大的事，恐怕也會想挺身捍衛部落的利益，更遑論無條件送出這麼多部落的寶物。

在波亞克離席後，其他年輕的深谷戰士不再對亞沃叫囂，但冰冷的視線也幾乎讓亞沃感覺快要窒息了一般。

但亞沃不能退讓，因爲這是爲了海境部落。

會議的爭辯仍然繼續，彷彿沒有休止的一天，但所有參與者似乎都覺得累了，長老們對年輕人的回應越來越短，這使得原先滔滔不絕的反對派跟著無力了起來，因爲想吵架也得有對手才行。

亞沃站起身來，想要嘗試再次說服眾人。「各位深谷的兄弟們……我知道在深谷部落遭逢大難之後，要答應海境部落的要求實屬艱難，但這……」

「胡扯，你們分明是來趁機勒索！」

「怎麼可以說趁機勒索，海境部落可是我們的——」

話才剛起了頭，就被一連串的議論聲打斷，亞沃的言語似乎重新點燃了深谷人的活力，令原先稍微下降的吵嚷聲又再次沸騰起來。

亞沃頹然坐下，這樣的情景在會議中不斷重演，討論毫無進展。亞沃看了吐烏拉一眼，吐烏拉仍舊沒有反應，一如他今天一整天對亞沃的態度，無論亞沃對他說了什麼，他都無動於衷。

正當亞沃思索著是否該繼續開口時，一名個子矮小的深谷族人開門走進家屋，亞沃認得他，他是卡修的舊識吉米克，但卻一直沒機會和他說上話。

吉米克走到吐烏拉身旁，蹲下身子，低聲與吐烏拉交談。

亞沃聽不見他們在說什麼，就算可以聽見，偷聽別人說話也是非常不禮貌的，連忙轉過頭去。

過了一會，他們的交談終於結束，但吉米克沒有離開，仍站在吐烏拉身邊，反倒是吐烏拉一反常態，主動湊到亞沃身旁，說道：「不好意思，亞沃大哥，部落孩子們的輕率讓你見笑了。」

「沒……沒什麼，都是有活力的好孩子。」亞沃連忙回應。

卻聽吐烏拉繼續說道：「接下來我與長老們要和孩子們說說話，麻煩你先在外面等會好嗎？」他說著便站起身來，連帶亞沃也只能跟著起身。他向亞沃再次致意，便轉過頭去，家屋內的人看見兩人起身，都紛紛閉起了嘴。

屋內一陣靜默。

亞沃邁步走出深谷頭目的家屋，家屋外是一片廣場，兩側搭有棚架，中央燒著篝火，人群三三兩兩地聚集著。

家屋內不時傳出喧譁，亞沃刻意多走了幾步，直到聲音幾乎聽不見爲止。連日來的勞累，令他感到身心俱疲，他在橫躺的巨木上坐下，望著遠遠的篝火火燄，細微的劈啪聲響起，數點星火從篝火中彈射而出，在夜色中綻放了光芒，然後落地，熄滅。

落地的星火令亞沃想起帕娜，她的生命也已經熄滅，而亞沃卻還在努力地燃燒著，也許會很快就燒盡，但亞沃其實覺得自己已經活得太久了，應該分一些給帕娜、分一些給塔木拉才對，他們都還年輕。

淚水從亞沃的眼角滑落，但他自己完全沒有察覺，他聽著山谷的風在竹林與巨木間呼嘯，還有水流沖刷礫石的聲響，廣場中人群的談話聲彷彿蟲鳴，而那座篝火的火燄也漸趨模糊。

當他發現時，他已經開口唱起了歌，從一開始的低吟，慢慢轉變爲高歌，他唱的是一首古老的曲調，海境人相信歌唱是和祖靈的對話，沒有固定的歌詞，大多是向祖靈報告最近的生活，獵了多少獵物、織了多少布、稻穗是如何美麗，以及生活中許多快樂與難過的事。

而現在，亞沃唱的是他對於祖靈的思念，他請託祖靈好好照顧帕娜和其他族人，面對古老的邪惡，海境部落會奮戰到底，當他與祖靈見面時，能夠俯仰無愧。

不知道過了多久，亞沃的頌唱終於停歇，但當他停下來時，卻驚訝地發覺，歌聲並沒有停止，他的身旁不知何時聚集了一小撮深谷族人，仍在繼續歌唱著，亞沃的古調也勾起了他們的心緒，因為在生死離別的當下，許多人都未能好好告別，直到現在才以歌聲傳遞他們對祖靈的念想。

亞沃站起身，發現吉米克就站在不遠處，卡修也在他身旁，以及遠征隊失散的剩下三人——小黛、瓦利和馬沙。

吉米克走上前來，請亞沃與遠征隊一行人參與會議，亞沃點點頭，跟隨於他的身後，再次進入了頭目的家屋內。

「海境的兄弟們，請原諒我等冗長的會談耽擱許多時間。」吐烏拉朗聲說道。他現在看起來再也沒有剛才那種昏昏欲睡的神情，而是回復為亞沃原本所認識的沉著、內斂的深谷領袖。

「我們理解深谷的困難，換作是我，也不敢輕易下決定。」亞沃謹慎地說道。

但吐烏拉卻搖了搖頭。「不，從你們踏入深谷開始，我就知道應該要怎麼做，古老的盟約是絕對的，祖靈們以鮮血訂下了誓約，並非我們能夠背棄，況且，海境狩獵團的領袖亞沃素來受人敬重，我絕不相信他會做出危害血盟的事，但是……」

吐烏拉頓了一下，繼續說道：「深谷近來遭遇了重大的災厄，雖然我們在祖靈的庇護下努力熬過來了，但有許多族人犧牲，其中包括了各氏族的長老們，而年輕一輩磨練不足，也不理解盟約的重要性，就在我們稍微能喘口氣時，你們卻帶來了更大的噩耗。」

「我很遺憾，但這個噩耗是千眞萬確的。」亞沃回答道。

人群裡立即就發出了雜音，但隨即被吐烏拉的說話聲遮蓋。「無論如何，我都得說服這些年輕一輩。在多次討論後，我們終於有了共識——深谷部落會履行同盟誓約，海境遠征隊歷經千辛萬苦來到此地，深谷部落不會讓遠征隊空手而回，而且，有鑑於遠征隊折損了不少人手，我們決定派遣吉米克等五名深谷戰士幫助遠征隊將玉器運抵海境。」

「我代表海境感謝深谷部落。」

「不過，深谷人也希望海境能夠履行盟約。就如你們所知，深谷失去了許多重要的人力，而這些寶貴的人力短時間內極難回復。」

人力短缺，不管是農耕、採集或狩獵都會立即出現問題，另外，深谷部落還得維持戰士團的人數，以守護玉礦。

「我們了解。遠征隊回到海境後，除了解決朽屍肆虐的危機外，也會好好地款待來訪的深

谷戰士，接著，海境人將會再次前來深谷拜訪，與深谷部落分享海境的醃肉、芋頭和稻米。」

亞沃嚴肅地說道，他伸出雙手，與吐烏拉的兩隻手掌相握，表示訂下誓約。

屋內響起了歡呼聲，吐烏拉鬆開和亞沃緊握的手，然後轉過身去，從吉米克手中接過一個布袋，然後高高舉起。

那個是？

亞沃轉頭看向站在門邊的馬沙，他似乎有些難為情地低下了頭。

吐烏拉開口說道：「這是你們歷經千辛萬苦為我們帶來的稻米，我會把這些稻米釀造成美酒，等著你們再次光臨。」

亞沃看著吐烏拉，深吸了一口氣。

「好！等我們回來一起共飲美酒。」

4

夜已深，但廣場中的人群仍未散去，許多人圍在篝火旁談話，與海境的不同之處在於，篝火旁的人群並非只有部落住民，還有些許外來客。

與吉米克談妥明天出發的事宜，海境遠征隊的一行人正打算去歇息時，一陣騷動引起了他們的注意。

在廣場邊緣有一塊特別熱鬧的區塊，上百人聚集在此，圍成了一個接近圓形的圈，中央是一塊小小的空地。

有兩個手持長棍的男人，正站在空地中戰鬥。

這兩人在進行的，是所謂的「決鬥」。

在有限的空間中，兩人互相廝殺。

正式的決鬥，使用的是眞正的武器，隨個人意願攜帶。這兩人並非正式決鬥，比較像是在練習，所以只用殺傷力較低的長棍。

場內的兩人不停地移動腳步，其中一人高大許多，他全身沒有一絲贅肉，有如深谷的岩壁一般堅硬，剛毅的臉上帶著自信的微笑，不需要多餘的戰局分析，所有觀戰者都會認爲此人肯定穩操勝算。

圍觀的人大喊著他的名字，無形中更增加了對戰者的壓力。

波亞克——深谷祭司阿慕伊的大哥，下一任的深谷頭目。

在多次試探後，波亞克直接往對手走去，他的對手——一位名叫古伊的深谷戰士驚恐地退後，然後將長棍刺出，與波亞克的長棍相碰。

先被棍尖碰觸的人就是輸家，因爲長棍是用來模擬長矛，所以雙方都很小心地避開對面的刺擊。波亞克精準地格擋住古伊的棍尖，然後借用對方的力道，將自己的長棍打在對方腰際。

勝者——波亞克。

古伊忍著腰際的疼痛，與波亞克互相敬禮後，離開了圈子。

「這兩年來，沒有人在決鬥中贏過波亞克。」阿慕伊說道，但她似乎並不引以爲傲，反而一臉厭惡的模樣。

「妳是他的親妹妹，爲什麼妳不喜歡他？」卡修詫異地問道，因爲阿慕伊已經不是第一次顯露出她對波亞克的厭惡感。

「他太自以爲是了，彷彿決鬥是他的生命一樣，整天找人打架。」阿慕伊冷哼了一聲。「我很希望他至少輸個一場，最好是痛哭流涕、屎尿齊流的那種慘敗，順便連他帶領的戰士團也一起受點教訓。」

遠征隊中的其他人都已經領教過她講話的風格了，也就不以爲意，但亞沃與她只有見過一面，當時的阿慕伊贊成實踐盟約，將玉器先無代價交給海境部落，事後再讓海境部落送來稻米，以完成交易，但她講完後就被半哄半趕地逐出會議了。

當時，她是亞沃少數的盟友，亞沃對她衷心感謝。

現在，亞沃第二次聽見她的刻薄言詞，卻不禁皺起眉頭。

「深谷的戰士團的決鬥，有其重要的意義。」

聽見亞沃突然開口，阿慕伊訝異地抬起頭，看向老獵人，「不就是一群逞凶鬥狠的蠢男人罷了，有什麼意義？」

對於阿慕伊的質問，亞沃望著山谷，緩緩說道：「此地是大地女神眼淚的所在地，遍地皆是玉石礦脈……」

這個古老的傳說，幾乎所有部落的人都知道，阿慕伊點了點頭。

「深谷族人據有此地，本來就容易引起其他部落的覬覦，上一次的戰爭是在我年少時，深谷部落被兩個部落聯手進犯，海境部落接到消息，便派了狩獵團前來相助，我也在其中。狩獵團抵達深谷的時候，堅守谷地入口的戰士團已經死傷了超過半數……」

「噗！也太沒用了吧。」阿慕伊嗤之以鼻。

但亞沃仍然繼續說下去：「圍攻深谷的兩支部落隊伍，死傷是戰士團的三倍，當海境的狩獵團抵達時，戰士團甚至反守爲攻，與狩獵團合力把對方殺得落荒而逃，最重要的是，深谷中的老弱婦孺全都平安無事，這是戰士團的鮮血換來的。」

「……我、我知道啦……這個故事媽媽有講過……」阿慕伊低下頭，小聲地囁嚅道，她每次只要一覺得自己犯錯，就會想要把臉給遮住。

「阿慕伊祭司，我並非要斥責妳，如妳所說，決鬥確實是愚蠢的自相殘殺，遺憾的是我們這些男人只能使用這些愚蠢的行爲來讓自己成長茁壯，進而保護部落。」

亞沃輕輕摸了摸阿慕伊的頭，剛好是她最厭惡的動作，這讓她感覺自己像個小孩子。如果是平常，她大概會用力把對方的手甩開，然後大吼大叫，但今天，她覺得老人的手很溫暖……

……像是媽媽還在時會做的那樣。

歡呼聲再次響起，波亞克又擊敗了一個人，對手是其他部落的勇士，他們比試用的是眞正的矛，差別只在對手用的是石矛，波亞克用的是玉矛，雖然玉矛和石矛互擊較容易損壞，但玉矛顯然更加銳利。波亞克只和那人過了幾招就在那人大腿上刺了兩下——第二下顯然是多餘的，只是對手在被刺第一下時還來不及投降。

「海境的朋友們，有沒有興趣下場來比試一下？」波亞克站在空地中大喊。

所有圍觀的群眾紛紛將頭轉過來，看向遠征隊的五人。

亞沃搖了搖手掌，表示拒絕。但波亞克卻往前走了過來，圍圈自動開了一道出口，觀眾們移動腳步，爲他清開道路。

「來吧，讓大家見識一下海境部落的強悍。」

波亞克臉上仍然帶著笑容，但是瓦利從側邊看過去，總覺得他的笑臉似乎埋藏著不懷好意，以及……

……怒氣？

「海境人的強悍，在決鬥場上無法看出。」亞沃淡然說道。如果是摔跤也就算了，但使用武器的決鬥必然會帶來死傷，對於現在的海境遠征隊來說，人力極爲珍貴，一定要避免節外生枝。

這番言論引來了觀眾的噓聲，某些戰士團的成員甚至已經大笑出來。

「決鬥場是驗證一個男孩能否成爲戰士的聖地。」

波亞克兩眼放光，他看著亞沃，而亞沃也毫無畏懼地回望。

「我不否認你說的這句話。」

亞沃溫和地說道：「我很佩服深谷戰士的強悍與力量，但是，海境人不是戰士，我們是獵人，而且不分男女老少，都可以是狩獵高手。」

「我有注意到你們對於女人佩戴武器這件事確實容忍度極高。」波亞克笑著看了小黛一眼，她身上就揹著竹弓。但他似乎是第一次近距離看見小黛，他一臉驚訝，甚至微微地張開了口，但立即就恢復了原本的高傲態度。

「我就直說了吧，雖然我也會用弓箭，但我一直都覺得弓是膽小鬼的武器，不敢面對敵人，只敢躲起來偷偷放箭，太過懦弱了。」

「這份懦弱來自於我們對於獵物的敬意，海境人不和獵物比拚力量。」

聽見亞沃的話，波亞克的眼睛瞇了起來。

無論對方怎麼挑釁，亞沃似乎都像是風一樣無法被擊倒，他的語氣就和他的臉一樣淡然，即使噓聲四起——當然有一大半都是戰士團發出的，他也毫不在意，幾十年前的他或許還會不服氣，會被刺激，想要證明些什麼，但現在他已經擺脫這些。

幸運的是，站在他身後的孩子們，都比他年少時更能沉住氣，這是孩子們比自己還要優秀的證明。

「看來不管我怎麼說，你們都不想上場決鬥對嗎？」波亞克笑著。

但亞沃的反應卻大大出乎他的意料之外。

「不，當然可以決鬥。」亞沃理所當然地說道：「場地是遼闊的草原和高聳的山林，決鬥的內容是獵物的大小，海境部落每年都會有獵季，歡迎你來參加，如果你來，我可以親手爲你製作一把竹弓。」

「我不需要那種東西。」

眼見激將法無效，波亞克一臉無趣地走回圍圈內，拔起插在地面的玉矛，高高舉起，往前拋擲。

玉矛衝破夜空，飛得又高又遠，最後插入了廣場另一頭的大樹樹幹上。

不知道是不是錯覺，所有人都感覺那棵大樹似乎搖晃了一下。

「沒有弓我也可以獵到獵物！」波亞克指著玉矛大吼。

群眾們大肆喝采，又是一齣精彩的表演。

矛桿的尾端仍在晃動。

亞沃搖搖頭，正想離開，卻聽得咻的一聲輕響，只見小黛不知何時竟已拉弓射箭。

箭鏃刺入正在晃動的矛桿尾端，木頭裂了開來。

所有在廣場上的人都看見了這一幕，原本還在歡呼的觀眾們因爲太過驚訝，都張大了嘴，一時間，原本喧鬧的廣場突然變得靜悄悄的。

小黛揹起竹弓，滿意地點點頭，轉過身，帶著遠征隊離開了廣場。

「……海境的人，都做得到這件事嗎？」阿慕伊輕扯著亞沃的手腕，低聲問道。

亞沃笑了起來。

「這當然是不可能的，孩子，那連我都做不到，全海境只有那個女孩可以，畢竟，風神的賜福不會降臨在每一個人身上。」亞沃向阿慕伊解釋。

但解釋完，他思考了一會又再開口說道：「但也許有一天，如果妳有機會來海境，我願意帶妳製作一把竹弓，妳可以練習看看，或許祖靈給予了妳更加不同的恩賜也說不定。」

5

遠征隊一行人以飛快的速度往河谷下游跑去，儘管身上揹著的皮袋和竹簍頗為沉重，但他們依然奔跑得很快。

以吉米克為首的五名深谷戰士們跟得非常吃力，他們平時很少有機會長距離移動，斗大的汗珠從戰士們的額頭流下，胸膛不停起伏，但不管他們怎麼努力，都無法調勻呼吸的速度。

「吉米克，你們不必硬跟著，晚一點到也沒關係。」卡修對著他大叫。和吉米克不同，他一點都不喘，相較起被巨石部落追殺那天，現在的速度還算輕鬆。

不過，和卡修與亞沃比起來，瓦利和小黛更顯得游刃有餘，他們居然還能邊跑邊聊天，不愧是每天都從野外散步回來的兩個人。

附帶一提，馬沙的狀態並沒有比吉米克好多少，雖然他腳程還算快，但負重能力比吉米克差，所以綜合起來打了個平手。

「不要緊，我們跟得上。」吉米克露出笑容，彷彿身體的疼痛也隨之消失了一樣。

四周的景致都沒什麼變，基本上他們是沿著河畔移動，在抵達接近平原的轉角前，風景大概都是差不多的。

「停。」

亞沃一聲令下，遠征隊的隊員們紛紛停下腳步。

「怎麼了？」吉米克問道，他差一點就煞不住腳步，還好卡修拉了他一把。

遠征隊員們默默無語，但都握緊了自己手中的玉矛。卡修帶吉米克繞到旁邊，讓他往眾人前方的道路看去。

朝陽下，一隻朽屍正在河畔徘徊。

「我的天啊……那是……」

吉米克的聲音在顫抖，透過自幼耳熟能詳的傳說故事，他當然知道朽屍長什麼樣子，但他仍然忍不住脫口而出。

「那就是朽屍，想不到已經到這裡來了。」

卡修曾經向吉米克解說過朽屍的危險之處，以及對付朽屍的方法。

亞沃向瓦利使了個眼神，瓦利點點頭，走上前去。

原本待在那裡打轉的朽屍一發現有人靠近，立即撲了上來。

瓦利舉矛一戳，矛尖刺中了朽屍的肚子，他雙手緊握矛桿，不讓朽屍將玉矛甩開。此時，跑過來的小黛舉矛刺向朽屍的頭顱，朽屍才倒下，被刺中的部位有煙霧微微升起。

「剛才他們示範的，就是對付朽屍的最好方法，雖然一個人也可以，但有人能配合作戰的話是最好不過了，畢竟只要被它碰到就會有生命危險，多人一起對付它能夠降低風險，總之千萬別一個人逞能。」卡修解釋著。

吉米克聽了連連點頭，他看著瓦利將倒地的朽屍推落河中，使其化為煙霧，開口問道：「按照它們移動的速度，多快會到深谷部落？」

「很難說，我們無法確定它們到底是依循什麼規則移動的，也許還要好幾天，但也許像海境部落一樣，當天就進入部落裡了。」

聽了卡修的話，吉米克臉上的不安愈顯強烈。

這時，一旁的亞沃說道：「你在擔心你的族人？」

吉米克望向其他的深谷戰士，每個人臉上都帶著恐懼。吉米克緩緩點了點頭。

「回去吧。」瓦利向他說道：「就算他們不相信你們說的話也沒關係，請部落組織搜索隊，真相立即就能大白，記得同時也要加強部落的防衛。」

既然朽屍已經來到附近了，那肯定不會只有一隻，只有讓深谷部落的人看見朽屍，他們才會知道原來危機離自己這麼近。

「可是……你們也需要這一批玉器……」吉米克躊躇道。深谷戰士們的身上揹了將近一半的玉器，如果少了這些玉器……

「簡單，把竹簍留給我們就好了，我們可沒嬌弱到連一點點玉器都不能揹負。」卡修拍拍他的肩膀。

但吉米克一臉愧疚。「很抱歉，我真的很想跟著你們到海境去，但現在既然朽屍已經來到深谷境內了，我要立即回到部落去，請頭目派出搜索隊巡邏，消滅附近的朽屍，然後，我會親自帶隊再運一批玉器到海境，在那之前，請努力撐下去。」

遠征隊的隊員們看著吉米克，臉上露出笑容。

「我們等著你。」卡修說道。他伸出一隻手抓住吉米克的肩膀，吉米克也伸手反握住他的上臂，互相立下約定。

遠征隊的所有人將自己身上的竹簍卸下，然後把深谷戰士們卸下的竹簍和自己的竹簍用繩子捆綁在一起。

就在玉器全部分裝好、遠征隊打算再次出發時——

「有人來了……」小黛指著河川下游。眾人往她指的方向看去，只見一小群人正慢慢從下游的河岸邊走來。

「不會吧……」吉米克瞇著眼睛盯著那一群人，嘴巴嘟囔著，一個不好的預感在腦中一閃而過。

原本他們應該馬上返回部落，但現在，吉米克打算再陪遠征隊走上一小段路。

繼續走了一百步後，吉米克的預感成真了。

「早安，看來你們並不是來給我們送行的。」亞沃冷冷地說道。

波亞克和他的狐群狗黨們——超過二十個全副武裝的戰士，阻擋在前方的道路上，即使遠征隊靠近，也絲毫沒有要讓開的意思。

「波亞克，丟自己的臉就算了，別讓深谷人蒙羞，這些人是來自海境的客人，擋住客人的路是怎麼回事？」吉米克走上前，厲聲說道。但他的義正詞嚴對於波亞克來說就像偶然飛過耳邊的沙塵一樣，無法造成任何影響。

「我當然知道他們是客人，但我也知道他們身上帶了一些不屬於海境部落的東西。」

「如果你說的是玉器，昨晚頭目已經承諾海境部落，要贈與他們所需的玉器了，這是所有參與會議的長老們共同決定的。」

「是嗎？我也參與會議了，怎麼不知道有這件事？你們大家有聽說嗎？」波亞克向他左右兩邊詢問道，但那些深谷人都搖了搖頭。

「少裝蒜！你以爲你中途退出會議，就可以否決頭目的決定嗎？深谷與海境世代盟約，海境人是好兄弟、好朋友！」

「海境人是你的好兄弟、好朋友，但跟我沒關係，深谷戰士才是我的兄弟，你們背上竹簍裡裝的玉器都是我們深谷弟兄辛苦開採打磨製成的。」波亞克反駁道：「而現在，你和頭目卻聽信了這些人的胡說八道，想讓他們把玉器帶走，這才是對深谷人的背叛！只要有我在，海境人連一顆小石子都別想拿走！」

聽見波亞克的話，遠征隊的成員們臉色一沉，他們並非來此遊山玩水，而是部落正面臨到重大危機，再不快點回去可能會釀成大禍，沒想到一路上被巨石部落血祭追殺就算了，好不容易拿到的玉石居然也要被這個人刁難。

問題在於，這個人又是下一任深谷頭目，很難直接與他撕破臉。

「不然這樣吧。」波亞克微笑，「我這個人最佩服偉大的勇士，你們海境部落只要派出一個人來跟我決鬥，決鬥完我就讓你們通過，這樣如何？」

吉米克的身體微微顫抖著，他現在是真的感到憤怒。

波亞克根本就是爲了昨晚的射箭之爭而特別一大早來找遠征隊的麻煩。

「波亞克，你正在幹一件蠢事……聽我說，現在沒時間再玩決鬥遊戲，因爲朽屍出現了，就在這個河岸，我們應該馬上派出搜索隊……」

一聽到朽屍，波亞克和他身後的夥伴們皆是一愣，然後一起哈哈大笑了起來。

「你怎麼還在講這種蠢話，睡前故事聽太多了是嗎？」

波亞克笑道：「好啦，海境部落的各位勇士們，你們決定好了嗎？是誰要出來與我決鬥？聽說那位叫卡修的海境獵人頗有兩下子……還是你們打算當個膽小鬼，乖乖放下玉器滾回海境去？」

波亞克瞥了小黛一眼，又說道：「我個人也不排斥和女人交手啦，但我個人和女人交手時喜歡保有隱私，所以地點選在我的家屋好了。」

又是一陣哄然大笑。

這時卻聽見鏗然一響，只見卡修和瓦利將剛揹起的竹簍卸下，放在地上。

「你們幹嘛？」馬沙驚恐地問道。

「決鬥就決鬥，再忍下去，這個笨蛋只會更囂張。」卡修扔下皮袋和竹筒，摩拳擦掌，打算大幹一番。

瓦利沒有說話，但也默默地將揹在身上的竹弓和箭袋放下。

「喂！妳不阻止他們嗎？」馬沙見兩人真的打算動手，連忙轉頭向小黛說道。

卻見一旁的小黛臉上充滿怒氣，似乎也躍躍欲試。

瓦利和卡修對看一眼，都決定不能讓小黛上場，小黛是未來的海境祭司，絕對不能有一點損傷，再說，如果敗給小黛，難保對方不會惱羞成怒變成全面混戰。

此時，一個蒼老的聲音說道：「由我來吧。」

眾人回頭，只見亞沃往前一站，讓身旁的人都嚇呆了。

「不行，爺爺，這樣太危險了。」小黛伸手就想將亞沃拉回，但不管她怎麼使力，亞沃都一動也不動。

「他想決鬥的對象是我。」卡修昂然說道，他收斂起平日掛在臉上的微笑，橫目瞪著深谷部落的戰士。

「他沒指定人選，讓我來。」瓦利說道。看過昨晚波亞克的戰鬥，他並沒有十足的獲勝把握，但他並不認爲自己一定會輸。

「不管對方指定了誰，這都是對海境部落的挑戰……」亞沃開口說道，他的眼神透露著淡然，一副無所畏懼的模樣。「既然是對海境部落的挑戰，深谷部落也派出了他們最厲害的戰士，那由海境的第一勇士來迎戰是最適合不過了。」

遠征隊員們聽見亞沃的話，不由得面面相覷。

在許多年以前，一次與巨石部落的戰爭中，當時年少的亞沃被指派率領一個小隊，那個小隊雖然都是些年輕的獵人，卻在亞沃的帶領下立下了無比的功績，成爲戰勝的關鍵，在那場戰爭之後，亞沃就被部落裡的人稱爲「海境第一勇士」。

他取得這個稱號的故事，每年慶典時都會被拿出來述說一遍，小黛、卡修、馬沙，甚至連瓦利都聽過好幾次。

但是，那已經是幾十年前的事情了。

「哈！這老頭居然是海境第一勇士，果然海境部落都是一堆軟腳蝦。」

亞沃在說出稱號時並未壓低音量，深谷部落的人自然也聽見了，他們紛紛大笑起來。

「大概是按照年紀排的啦，畢竟活到這麼老也不容易。」

站在他們之中的波亞克並未出聲諷刺，但他也是一臉興致缺缺的模樣，在他心中，最想與之對戰的人是卡修，畢竟他曾在摔跤時贏過了吉米克，吉米克的強悍，所有人都知道，雖然不如自己，但既然卡修摔跤能贏過他，就有與其較量的價值。

他想較量的第二人選是瓦利，雖然他看起來沒有卡修那麼強壯，但似乎也是不可小覷的角色，這是波亞克的直覺，他成年以來遇過無數對手，身上帶有瓦利那種氣息的人總會是勁敵。

除了這兩人之外的人他都沒有興趣，雖然他對小黛的美貌感到震撼，也頗有在戰鬥時戲耍她的念頭，能讓這樣的女人屈服於自己是件愉快的事，但他也知道小黛是未來的海境祭司，要是有一個不小心，讓她受傷或出現任何意外，那絕對會演變成兩個部族全面戰爭的情況，所以還是別亂來比較好，波亞克在這種地方意外地有常識。

至於馬沙，波亞克則是連看一眼都懶。

但是，眼前的老人是他們的領導者，如果打敗這個老頭，也許卡修或瓦利就會應戰。

抱持著這樣的想法，波亞克走上前。

「誰上來都好，總之只要和我打一場，我就讓你們通過，不然，海境部落就永遠是怯戰的膽小鬼，就算有盟約，但我看不出來與膽小鬼同盟有什麼好處。」他將長矛扛在肩上，臉上一派輕鬆寫意的表情。

「海境部落由我代表。」

亞沃往前走去，無視其他人的阻攔，他來到兩方人馬對峙的正中間，與波亞克面對面，左邊是深谷河，右邊則是巨岩堆砌的岩壁。

亞沃手持玉矛站定，開口說道：「在決鬥開始之前，我們能否公開聲明，這個決鬥結束後，無論結果爲何，你們都會讓海境部落的族人通過，並且，即使其中一方有所死傷，也絕不報復？」

「呿！老頭你也太……好好好，絕不報復，肯定讓你們通過，這樣可以開始了嗎？」波亞克不耐煩地說道。

反正你輸了之後，其他人肯定會按捺不住。

波亞克很聰明，他知道亞沃的存在對於其他人來說就像是綁住野豬的繩索一樣，繩索一旦拿掉，這些海境部落的年輕獵人絕對經不起挑釁。

「可以開始了，戰到其中一方不能再戰或投降對吧？」

「沒錯，但您老人家可是海境第一勇士啊，別太快就投降了，會給海境部落丟臉的。」

「放心好了，不會的。」

亞沃將矛尖往前，和波亞克的玉矛輕碰一下。

決鬥開始。

波亞克單手持矛，慢慢地在場內踩著步，看似沒有任何防備的模樣，在對面的亞沃則完全相反，他雙手緊握玉矛，蹲伏著身體，慢慢橫向移動，看起來相當謹慎。

兩人一直保持著一定的距離，幾乎是波亞克往前，亞沃就往後，他們始終無法進入能夠交鋒的距離。一旁傳來噓聲，是波亞克的同伴，對於他們來說，亞沃的行爲非常懦弱。

「別急。」波亞克說道：「我們得要給老人家一點時間活動筋骨，免得他一下子就沒氣了。」

眾人大笑，除了遠征隊的四人，他們和亞沃相處了很久，知道眞正的亞沃並非現在那副老態龍鍾的樣子，亞沃現在的表現應該是爲了讓對方放鬆戒心，然後一擊致勝。

兩人繼續在場上兜圈子，手中的玉矛在空中虛點，他們都在找尋最好的攻擊機會。

過了一會，波亞克似乎耐心用盡了，他忽然衝向前，亞沃被嚇了一跳，連忙往後退，卻被自己的腳給絆倒了，旁邊再次響起笑聲。亞沃掙扎著爬起，對衝上來的波亞克胡亂刺出一矛，波亞克閃身避開，然後舉起手中的玉矛，矛尖朝向亞沃的頭。

結束了。

就在矛尖即將刺穿老人頭顱的那一瞬間，波亞克看見，老人手中的矛不知何時竟然已經再次刺出，即將戳入自己的小腿。

波亞克凌空一翻，躲過了亞沃的這次攻擊，雖然放掉了一擊致勝的大好機會，但從兩人剛剛交手的動作看來，老人的第二次攻擊確實有一定水準，但自己還是略勝一籌。

「繼續吧，老頭，我想看看海境第一勇士能和我戰到什麼程度。」波亞克出言挑釁，通常這麼做是爲了使對手憤怒而失去作戰節奏，但對於波亞克來說，在戰鬥時挑釁對手是種樂趣。

面對波亞克的挑釁，亞沃卻是面無表情，然後發出了一聲非常細微，只有波亞克能夠聽見的嘆息聲。

這老頭是什麼意思？

一絲不悅的感覺從波亞克心頭掠過，他舉起矛，以迅雷不及掩耳的速度向亞沃刺去，想要盡早結束這場決鬥。

不知爲何，亞沃這次完全沒有後退，就在矛尖要刺中亞沃前，他單手舉起玉矛，矛桿與刺來的矛尖相貼，接著他伸手將矛桿往外一推，改變了矛尖的方向，連帶著也令波亞克失去了重心，跌倒在地。

然後矛桿橫掃而來，準確地打在猝不及防的波亞克臉上，他被打得往後倒下，臉上浮現出明顯瘀傷。

波亞克一臉驚訝，但他很快就從地面躍起，再次往前猛攻，他掄起玉矛，連番刺出。

面對波亞克的凌厲攻擊，亞沃不退反進，他雙手持矛，將波亞克的刺擊一一擋下，每擋住一次攻擊，就往前走一步，而波亞克爲了繼續維持刺擊，只能跟著退後。連走五步後，波亞克發現自己竟然已經退到水邊，再往後退就會踩進水裡，水中多碎石，難以保持平衡，在這麼近距離的戰鬥下極爲不利，於是奮力一躍，沒想到在跳起來的同時，兩腿卻被亞沃伸出的矛桿絆倒，波亞克趴倒在地，爲了避免被追擊，立刻往旁邊滾去，有如抱頭鼠竄，看起來頗爲狼狽。

周圍傳來窸窸窣窣的碎語聲，波亞克的同伴們低聲驚歎，這個昨日不管被如何羞辱都一聲不吭的老頭居然這麼厲害，能夠壓制這兩年戰無不勝的波亞克。

除了波亞克的同伴外，同樣震驚的還有海境遠征隊的四人，他們都曾受過亞沃的教導，也知道亞沃海境第一勇士這個名號並非浪得虛名。

但他們從來沒有看過這樣戰鬥的亞沃，一直以來，亞沃的教導都是要他們將心力投入在製作自己的武器上，除此之外，就是制定戰術，觀察獵物的習性，再針對弱點攻擊，如此而已，即使教授用來對付人類的格鬥術時，內容也差不多。

針對弱點攻擊，說起來簡單，但實際上很難，這不只是要長時間的經驗累積，也要身體力行，並兼具敏銳的觀察力才行。

決鬥仍在進行，遠征隊員們依然屏息旁觀，但臉上的表情都逐漸明亮了起來。

整理好姿態後，波亞克再次上前，他改戳爲掃，揮動玉矛，往亞沃劈去。

同一時間，亞沃的長矛也跟著揮出，兩人玉矛相交，本來以爲會發出撞擊聲，但亞沃卻在矛頭互觸的一瞬間將玉矛往前推去，矛尖滑過對方的矛頭，亞沃往前跨了一步，長矛一甩，矛桿的尾端反轉，打中了波亞克的左脅下方，波亞克悶哼一聲，感覺半邊身體痠軟無力，往後一躍，退到了一座岩石前，再次拉開兩人的距離。

「還要打下去嗎？」亞沃仍舊面無表情，向已經汗流浹背的波亞克問道，「我們可以就此停手，當作和局，從此海境與深谷的友誼仍然能夠繼續。」

「少囉嗦！我可還沒輸。」波亞克咬牙切齒地說道，但他的表情很明顯動搖了。從他成年以來，他都覺得自己所向無敵，他比眼前這個老人高大、強壯、速度更快，即使是戰鬥技巧也沒有絲毫弱勢。

但是，這個老人身上有一些自己沒有的東西，不只是經驗的差距，深谷部落裡有許多身經百戰的老戰士，但沒一個能夠做到像眼前這個老人一樣的事。

波亞克回想起第一次交鋒時的討厭感覺，當時他本來可以刺穿老人的頭，只要賠上自己的一條腿就能輕易得勝，但他避開了，爲什麼他要避開？

因爲他知道老人刺的位置是小腿與腳踝的連接處，一旦被刺中，即使他這場比試贏了，往後也得一輩子跛腳。

他還年輕，未來還很長，沒有必要爲了殺一個老人變成殘廢，他可以等下一次的機會。

但波亞克當時沒有想到，他接下來會陷入苦戰，因爲老人在第一次交鋒後，從此防禦完全沒有漏洞，反而自己戰鬥時的壞習慣一直被抓出來。

只是，打中他的，都是長矛的尾端。

波亞克再次想起了第一次交鋒後，老人的那聲嘆息。

這老頭是故意的，他只是在確認我有沒有膽量準備和他以命相搏。

然後，他知道了我只是個膽小鬼，所以現在才用打狗的方式來教訓我。

……他根本沒把我放在眼裡。

想通了這一點令波亞克怒火中燒。

就在雙方繼續對峙時，一隻體色灰暗的怪物悄悄地出現在波亞克後方的岩石上。

它的膚色與岩石合為一體，但身上有許多碎裂的細紋，凹陷的兩眼緊盯著波亞克，眼窩中央微微發出紅色的光芒。

那是一隻朽屍。

怪物從波亞克後方的岩石躍下，它瘦長而乾癟的身體彷彿沒有重量一般，輕輕地落在波亞克身後。

周圍驚叫聲響起，在場的每一個人都看見了那隻怪物。

只有波亞克沒有看見，因為朽屍出現在他身後，而他的每一分注意力都放在打倒對手這件事情上。

朽屍一掌抓下。

觀戰者中沒有任何人來得及行動，幾乎所有人都認爲波亞克死定了。

除了一個人例外。

那個人是亞沃。

他往前衝，有如閃電一般。

就在朽屍的手掌即將碰觸到波亞克的那一瞬間，亞沃的玉矛刺在朽屍的手掌上，把朽屍的手掌刺穿，然後，亞沃反手一揮，將朽屍的腦袋斜斜地削去了一半。

同一時間，波亞克手中的玉矛刺進了亞沃的心臟。

他沒有使用任何技巧，實際上，他是看見亞沃往自己衝來，感覺到害怕，本能地將矛尖往前戳去。

老獵人臉上沒有痛苦或失落的表情，他只輕輕地皺了一下眉頭，然後就無力地躺倒在地。

悲鳴聲響起，海境部落剩下的四個人爭先恐後地衝出來，將地上的老人圍住。

一擊得手，波亞克收回玉矛，這個勝利讓他感到錯愕，因爲亞沃在剛才的戰鬥中已經表現出壓倒性的戰技，不應該出現這麼大的漏洞。

而且，沒有人歡呼？

波亞克疑惑地轉過身，看向他的夥伴們。

夥伴們的眼神震撼了他，他從來沒看過夥伴們同時露出這樣的眼神，那是景仰、敬畏，甚至是屈服……

只是他們的視線並非朝向自己，而是對躺在地上那個心臟被刺穿的人。

波亞克不解地低下頭，立刻看見那具還未完全化爲煙霧的朽屍，然後才理解自己犯下了大錯。

我殺了保護我的人……

搞清楚眞相後，波亞克感覺到自己的身體在發抖，感覺到過往的所有榮耀都隨著剛剛刺入亞沃心臟的那一矛而消失，隨之而來的是恥辱與挫敗感。

他永遠失去了贏過亞沃的機會，再也無法洗刷污名，從此以後，波亞克這個名字會以殺害救命恩人的樣貌爲世人所記憶。

這是第一次，他對於熱衷於決鬥的自己感到痛恨，並且懊悔。

亞沃躺在地上，視野被他熟悉的臉孔佔滿，眼淚滴在他的身體上。

原來如此，這就是死亡，意識彷彿要被拉入無限的黑暗中。

但是，再等一下，我還有事要做。

亞沃吐出一口氣，摻雜著血沫，溫和地注視著四個被怒氣環繞的年輕獵人，然後緩緩說道：「……我並不後悔保護那個傢伙……即使他只是個好勇鬥狠的笨蛋……因爲盟約……海境部落與深谷部落，應該同心協力對抗朽屍。」

亞沃輕輕握住了瓦利和小黛的手腕。

「所以……別被憤怒控制，你們應該要做出對的抉擇……一個屬於領袖的抉擇……」

然後，儘管他已經氣弱游絲，但他用了最後一分力氣，對著瓦利說道：「瓦利，我的孩子，我的靈魂永遠與你同在。」

吐出了最後一口氣，亞沃的眼睛漸漸失去神采，像是暗淡無光的星。

眾人靜默，谷地中好長一段時間都悄無聲息。

不知過了多久，瓦利站起身來，他瞪大著充滿血絲的眼睛，即使淚水不斷地從眼眶溢出，但他並未哭喪著臉，而是以極其嚴峻的態度走到波亞克面前。

看見他臉上的表情，波亞克身後的人都不禁握緊了手中的玉矛和玉錛，雖然瓦利手上沒有拿任何武器，但也難保他會不會突然發狂，對波亞克動粗。

一隻手舉了起來，是吉米克，他示意族人冷靜。

波亞克注視著身前的瓦利，他拋出手中的玉矛，任憑其滾至瓦利腳邊。

「我錯了，錯得極爲可恥。我的性命，隨你處置。」波亞克低聲說道。

深谷的戰士必須爲自己的行爲負責。

只有鮮血才能洗刷恥辱。

瓦利撿起地上的玉矛，然後將其橫握，手臂平伸至波亞克胸前，將玉矛交還給他。他的眼淚持續滑落。

「我不會向你復仇，因爲亞沃不是被你所殺，他是爲了保護你而死。」他不卑不亢地說著，聲音響徹整座河谷。

「我是海境部落的瓦利，我以最重要的家人亞沃與帕娜的名字向你發誓，先民的詛咒已經再次出現，朽屍肆虐，山林即將化爲死地，我請求深谷部落遵守古老的盟約，與海境一同奮戰！」

第六章・祖靈

1

海境頭目枷道，站在河岸邊的岩石上，眺望著對岸。

死亡谷。

密密麻麻的朽屍，被白霧困在小小的谷地裡。

偶爾，風會將霧氣吹上岸，水氣沾染到它們的身體，讓它們身上的某些部分剝落。人的身體如果剝落了會非常疼痛，但這些朽屍雖然害怕霧氣，卻似乎並不會感到痛苦。

狩獵團的代理領袖瓦吐克站在枷道身旁，臉上憂心忡忡。

「族長，我們該走了，這裡不安全。」

「沒有地方是安全的。」枷道說道。

前些天朽屍入侵時，枷道拿著玉矛和朽屍對抗過，他一向認爲自己膽子很大，但當天他卻感到畏懼。

小時候，亞沃帶著他狩獵時曾向他說，懂得畏懼是好事，大部分不懂得畏懼的人都會因爲過於自大而死，畏懼是對於大地女神的敬意，勇敢則是大地女神給予虔敬者的賞賜。

亞沃總是能夠講出令人信服的道理，枷道心中想著，祖先流傳下來的名言何其多，通常都用來當小孩的睡前故事，但亞沃總是能從這些故事中擷取最精華的部分來教學生，然後令學生信服。

亞沃才離開五天，枷道就感覺到自己平常有多麼依賴他，就連瓦吐克也是這麼想，狩獵團領袖是個崇高的位子，每個獵人都渴望自己有天能夠得到這個榮耀，但瓦吐克現在只確定將來亞沃退休，他絕對要推舉卡修去接這個位子，自己還是乖乖當個助手就好。卡修那個孩子就算遇到再困難的事也能保持微笑，不管他是智慧過人抑或天生只是個笨蛋，總之未來的狩獵團領袖非他莫屬。

枷道跳下岩石，他讓瓦吐克留下一人繼續觀察朽屍的動靜，然後兩人才一起離開。

「巨石部落怎麼樣了？」枷道問道。

「毫無消息，我們派去的人都被趕回來，有傳言說他們正在進行血祭，不過沒辦法證實。」

「只能祈求叔叔他們平安無事了。」

枷道嘆了口氣，突然想起小黛。她說要加入遠征隊的那天，枷道沒有阻止她，因爲在她年紀很小的時候，枷道就能感覺小黛總有一天會是個比自己更加優秀的領導者，雖然小黛不會成爲頭目，但在海境部落，頭目只是實務方面的負責人，而祭司才是眞正的精神領袖。

不過她選的那個男孩……

對於瓦利，枷道沒有特別的好惡，這跟他們兩人的相處時間較少也有關係。瓦利是個優秀的獵人，是亞沃一手教出來的學生，同時也是亞沃僅剩的家人，作爲一個族人，已經沒什麼好挑剔了。

但對於枷道來說，瓦利有點太過神祕了，更別說他還是個外族人。

所以每當想到小黛的終身大事時，枷道不得不承認自己更傾向卡修。

有一回他暗示卡修可以去追求小黛，不料卡修卻苦著一張臉回答自己：「我一直都在追啊，但叔叔你有看過小黛的眼睛嗎？」

「她眼睛怎麼了？」

「仔細往裡面看，你會看到一個叫瓦利的男孩住在裡面，沒有空間容納別人了。」

這是卡修成年式時與枷道的對話。

枷道和瓦吐克回到海境部落，他們這些天已經把海境周邊四處亂竄的幾個朽屍都消滅了，運氣很好地，沒有再損失任何人。但也僅止於現在，一旦河水乾涸，芭黛的法術消失，那數不清的朽屍就會衝過乾涸的巨石河，將附近所有部落毀滅。

除了玉石和水，沒有任何東西可以阻擋那些怪物。

於是枷道下令要每家每戶都在陶器裡裝滿水，雖然不確定能夠有多少效果，但總比什麼都不做來得好。

枷道回到家中，躺臥在草蓆上，今天一整個早上都在海境周邊巡邏，連日來的操勞和緊張讓他覺得筋疲力盡。

芭黛和法甌這幾天一直在占卜，枷道完全聽不懂她們在說些什麼，只知道是在和祖靈對話。

陽光從窗戶射入屋內，外面天空晴朗，但太陽似乎太過炙熱了些，許多地方的土地都因爲極度乾燥而產生裂痕，彷彿在象徵海境的末日。

枷道很驚訝，自己居然這麼快就有悲觀的想法。

還不是時候，枷道從草蓆上爬了起來，既然睡不著，就代表還有很多可做的事，在遠征隊回來之前，必須做好準備，能多撐一天是一天。

「如果朽屍過了河，我們對它們一點辦法也沒有。」瓦吐克說道。他面帶倦容，嘴裡嚼著蒸米卷——一種用葉子包裹米飯和碎肉，再放進蒸籠裡蒸熟的料理。「坦白說，就算遠征隊帶回了夠多的玉器，讓部落裡每人各持一支玉矛，我也沒把握能夠打得贏，它們數量太多了。」

「但還是得想出辦法才行，我們在部落外圍的山坡上設置柵欄如何？」

「那東西擋不住它們。」

「但或許可以讓它們暫時停下來。」枷道說道：「當它們停下來時，就是我們對付它們的好時機。」

瓦吐克點點頭，也只能這樣了。

他們找來了狩獵團的年輕人去做這件事，於是一整隊手持石斧的獵人出發前往竹林——因爲砍樹來做柵欄很可能會來不及。

等到黃昏時，獵人們回來了，他們帶回了一捆捆竹竿，才剛砍下來沒多久，仍散發著清香。伽道突然覺得自己太過天眞，這種東西怎麼可能擋得住朽屍。

就在他們準備開始施工時，哨站裡的輪值獵人突然大叫。

伽道轉過頭去，只見那名獵人指著山坡下方。

有一個小小的點，正全力往部落奔來。

那是個人。

伽道派遣負責監視死亡谷的獵人。

木鼓聲響起，在那個獵人的身後，從山坡上看去，不到一根食指長的距離，有一群灰色的物體在移動，追逐著他，看起來彷彿長在大地上的蛆蟲。

朽屍。

「大家各自帶好武器，馬上退回廣場！」

伽道一聲令下，所有獵人紛紛停下了手上的動作，快速跑下山坡，沒有人爭先恐後，也沒有人推擠，這是他們勇敢無畏的證明。但很遺憾，光只是勇敢對付不了朽屍。

「我們也走吧。」枷道向瓦吐克說道。

「我要再等一下，那個孩子還沒回來。」瓦吐克指著那個仍在移動的小點，說道。

「你打算等他回來？」枷道吃驚地問。

瓦吐克點點頭。「就算他在中途被朽屍殺了，我也要看著他死才離開，畢竟是我派他在那種地方監視的。」

枷道點點頭，他能體會這種心境，他向瓦吐克說道：「一接到人，馬上過來會合，別忘了你還要帶領狩獵團。」

瓦吐克點點頭。

朽屍的移動速度和一般人差不多，所以那個獵人能存活的機會還是很高。

但是……也可能只是延後一點時間死亡罷了。

枷道走下斜坡，夕日的餘燼灑落在地面，將地面染成一片嫣紅。

來到廣場，海境的所有人都聚集在此，數名手持玉矛的獵人站在廣場中央，人群圍繞在廣場旁的幾棟屋舍外，屋舍內都是女人與小孩，其中也包括了枷道和法飏的孩子，小黛的弟弟妹妹們。

枷道看著人群。

這些人沒有武器，只有幾支玉矛，對付不了數量眾多的朽屍，當朽屍來襲時該怎麼做？難道只能往它們身上潑水嗎？

就算是那樣，水也不夠，海境部落旁邊的兩條河川都已經幾近乾涸。

海境部落會被屠殺。

也許應該逃走……

他的內心浮現出這樣的念頭。

逃到海岸，只要有水的地方，朽屍就不敢隨意靠近。

有一瞬間，他眞的想要這樣做，但接下來理智馬上就阻止了他。

海岸的開闊地形缺乏遮蔽，稍微大一點的海浪都可能會要了大家的命，況且沒有食物、沒有住所，撐不了多久大家就會因爲食物不足而開始自相殘殺。

但是，留在這裡，海境部落仍然會同心協力，對抗敵人。

枷道深吸一口氣，走入人群中。

就在他拿起玉矛，準備和所有人站在一起時，他感覺手臂被扯了一下。

枷道回頭。

「我們需要你來一下。」法甌，他的妻子，現任海境祭司一臉嚴肅地看著他。

枷道跟著法甌走進屋內，他們的家屋是海境最大的屋舍，只是現在裡面塞滿了小孩。

在房子的正中央，芭黛站在一塊石板上，周圍放著許多陶罐。

「……這是？」枷道不解地問道。

法甌看向芭黛，芭黛點點頭，張開口，開始吟唱。

「你看。」

法甌彎下身，將一根手指放入陶罐當中，然後再將那根豎起的指頭伸到枷道面前。

一層薄薄的水，包裹著法甌的手指。

法甌轉動手指，那些水沒有因此而落入地面，反而像是有生命一樣，停留在手指上不動。

「妳……怎麼做到的？」

法甌一笑，看向芭黛，芭黛隨即停止吟唱。

只見在停下吟唱的瞬間，法甌手上的水立即滴落地面。

「只有在吟唱咒語的時候才有效果，而且對付朽屍時，法術還是有失效的可能，必須重新把水附著上去，但是我們覺得總比坐以待斃來得好。」

「不，這個太棒了，妳們眞是天才！」

枷道大喊，他高興地將法甌抱起，用力地在她臉上吻了一口，然後才將她放下。

四周響起孩子們的爆笑聲和厭惡聲，但枷道不以爲意，他急急忙忙地衝了出去，然後過了一會，就帶著人和一大批石矛進入屋內。

「那麼，開始吧，要怎麼用？」

枷道把矛伸入陶罐中，然後抽出來，只見石矛只是濕漉漉的，水並沒有附著上去。

「我剛剛說的，你都沒在聽。」法甌敲了一下枷道的腦袋。「只有在我或母親吟唱咒語時才有效果，所以在朽屍來到前才能用。而且，不能在這裡附著水，太擁擠了，把陶罐搬到外面去吧。」

「搬到外面去有用嗎？」

「只要吟唱咒語就有用，但我可無法保證能夠唱多久，動作快點吧！」

法甌說完，枷道和其他人立刻開始搬動陶罐。

家屋外，海境族人整齊地站立，最前排的每個人手裡都拿著石矛，腳邊都放著一個陶罐。

他們將矛尖插入陶罐內，等待著敵人出現。

山坡上出現人影，是兩個人，瓦吐克攙扶著一名氣喘吁吁的獵人，快步從坡道飛奔而下。

接著，大地震動，由遠而近。

一隻隻灰色的朽屍伴隨著月光，從山坡上出現。

家屋內開始傳出吟唱聲。

枷道舉起一隻手，示意眾人還不要攻擊。

朽屍逐漸靠近。

瓦吐克和獵人衝進人群中，他攙扶的獵人幾乎一抵達就跪了下來，完全耗盡全身力氣。

狩獵團的夥伴們立即將他扛入屋內，雖然和一屋子的婦孺躲在一起有損獵人氣概，但此時也管不了那麼多了。

朽屍將人群團團圍繞，它們感覺到危險，但本能驅動著它們，迫使它們往前進。

「舉矛！」

在朽屍靠近至人群不到一步的距離時，枷道下達了命令，石矛從陶罐中抽出，水附著在矛尖上，戳進了朽屍那充滿裂痕的頭顱。

被帶水矛尖戳中的朽屍就和被玉矛刺中的朽屍反應差不多，它們會倒地，無法動彈，頭顱被戳穿一個大洞。

如果在它們倒地的同時灑下一瓶水，肯定能夠消滅它們，但枷道和其他人目前並沒有這樣的餘裕。

第一波朽屍倒地的同時，第二波又再來到，簡直有如惡夢般不停擁來，枷道一面指揮眾人舉矛攻擊，一面指派人將損壞的石矛回收，並調配新的石矛給站在最前排的獵人。

這麼攻擊很有效果，至少在一開始時，但隨著面前堆積的朽屍越來越多，其餘朽屍們也謹慎了起來，它們開始在附近繞圈圈，尋找更好的機會和角度下手，而不是一味猛衝。

激戰了一段時間後，芭黛的聲音減弱不少，另一道聲音響起，是法甌接續著芭黛吟唱。枷道心想，畢竟上了年紀，她到了這個歲數還能繼續吟唱咒語已經很厲害了，枷道還記得小時候看到芭黛悲傷慟哭的樣子，那場瘟疫沒有帶走枷道和芭黛，卻帶走了芭黛所有孩子，直到瘟疫結束兩年後，芭黛才生下法甌，延續了祭司的血緣。

而枷道，當時那個病入膏肓，準備要成爲雲豹的男孩，卻奇蹟似地痊癒，還和法甌結婚，成爲海境部落的頭目。

要做的事都是一樣的。

枷道握緊玉矛，戳中一隻從高處跳躍過來的朽屍，爲了避免它掉在人群中，枷道刺中它的那一瞬間就直接將它甩到外面去。

側面傳來慘叫，枷道轉過頭去，只見又是一隻朽屍落下，雖然馬上就被矛尖刺中，但因爲落在人群頭上，引發了推擠和拉扯，一個運氣不好的獵人被朽屍的身體觸碰到，接觸面立即腐爛，枷道衝上前去，卻見那人的口鼻已經爛至見骨，氣絕身亡了。

枷道命人將遺體用布包覆起來，搬進屋內，一方面是這樣慘不忍睹的遺體容易引起大家的恐慌，另一方面是若留遺體在原地，恐怕戰鬥結束，也要被踩得不成樣了。

此時，又是一輪朽屍衝來，也許是剛剛的死者對眾人心理造成影響，損毀的石矛變多了，枷道正要派人補位，卻看見一群朽屍爬上了倒在地上的同伴身體。

同時，正面的衝鋒再次襲來。

「……不會吧。」枷道倒抽了一口氣，立即喊道：「第二排，上前！」

不知道有多少人聽見，但照著命令做的只有半數，衝撞之後，將近十隻朽屍落在人群裡，雖然也立即被解決掉，但造成了更多傷者，而受傷的人，幾乎也肯定會在極短時間內死亡。

在許多人眼中，枷道看見恐懼在蔓延。

「撐住！祖靈會守護我們。」枷道大吼，但對於士氣增長似乎有限，原因之一是因爲許多朽屍已經癱倒在地，但站著的朽屍卻是有增無減。

它們就像海浪一樣，永無止境。

所幸，眾人即使再怎麼害怕，卻完全沒有人逃跑，因爲大家都知道離開陣地會死得更快，朽屍不是其他部落的獵人，絕對不會放過任何逃走的人。

吟唱的歌聲又再次換成了芭黛，但是聲音已經沙啞。此時天空已微微發亮，她們吟唱了一整夜，支持不下去也是理所當然的。

朽屍再次衝來，眾人舉矛，勉強擋下了這波，但朽屍才剛倒地，歌聲陡然停歇，矛尖上附著的水紛紛滴落地面。

人群中一陣恐慌，接著吟唱的歌聲又再次響起，卻是法甌接續了吟唱，持矛者紛紛將石矛插入陶罐中。

枷道衝入屋內，只見芭黛倒臥在草蓆上，法甌則獨自持續吟唱，但從她的神情看來，似乎也支撐不了多久。

走出屋舍大門，枷道望向眾人，緩緩說道：「下一波攻勢結束後，換我們進攻。」

所有人面面相覷，但很快就明白了枷道的意思，法甌即將無法吟唱咒語了，所以要在她力氣耗盡之前，盡量多殺幾隻朽屍。

眾人紛紛舉起石矛，轟然應和。

最後一次對抗朽屍的衝鋒，也許是因爲大家都拚盡了全力，所以沒有任何人傷亡。

接著，枷道帶領著眾人，往前直奔。

殺伐聲與哀號聲同時響起，廣場上演變成一片亂戰，但朽屍卻不停地繼續擁入。

枷道手持玉矛，連戳帶刺，總是驚險躲開朽屍的攻擊。他身體感到疲憊，精神卻因爲命懸一線而亢奮，每一次的刺擊與閃避都是最後一次。

最後，他的玉矛在刺出時，正中一隻朽屍的腹部，朽屍摔倒在地，但落地時雙腳彈了起來，擦過了他握住矛的那隻手。

看見掌背上出現一道黑色的小傷口，枷道立刻就知道那是什麼。

到此爲止了嗎？

手掌不聽使喚，玉矛掉落在地，枷道茫然看著朽屍和其他仍在奮戰的人們。

晨曦的光閃耀，四周明亮了起來，枷道望向日出。

卻見到山坡上站著一排人影。

然後，他們高舉著武器，往廣場衝來。

當他們衝進廣場，枷道才得以看清楚那些熟悉的臉孔。

小黛、瓦利、卡修、馬沙……

還有許多手持玉矛的深谷戰士。

2

瓦利感覺得到力量的熱流在四肢流竄，他單手持矛，從山坡躍上一間房舍的屋頂，然後再從屋頂一躍而下，落在一群朽屍的中間，接著他兩手緊握矛桿，一個橫劈。如果對一般人類或動物這麼做的話，玉矛會卡在頸椎骨的接縫中，然後折斷。

但他現在面對的是朽屍，朽屍的身體一接觸到玉矛的矛鋒就被輕易劃開，毫無阻礙。多隻朽屍的頭顱落地，瓦利繼續向前，從腰際拔出一支短柄玉錛──與一般石錛的差異只在於錛的本體是用玉石磨製的──他揮動玉錛，將襲來的朽屍砍倒，然後衝入一群被朽屍包圍的族人之中。

此時屋舍內法甌傳出的吟唱聲已是細如蚊蚋，時有時無，海境族人所持石矛上的水再次失效，完全傷害不了朽屍，正不知如何是好，只見瓦利解開身上揹負的皮袋，丟向人群。

「快打開！」

眾人接過皮袋，將袋口拉開，把裡面的東西全都倒了出來，只見裡面裝的都是短柄玉錛，還有一些玉製矛頭。

他們並非只帶來援軍，還帶來了武器，這些武器並非全由遠征隊帶回，還有波亞克和其他深谷戰士攜帶的，他們在承諾要前來幫助海境部落後，先回到了深谷部落裡，然後一半的戰士留在深谷部落，由吉米克指揮防禦，另一半的戰士，則由波亞克帶領，搬運了許多玉器前來海境，因爲必須趕路，所以都只帶了體積較小的武器。

歡呼聲響起，眾人紛紛拿起玉錛，往來襲的朽屍砍去，一些沒拿到玉錛的，則是撿起玉製的矛頭，躲在拿玉錛的族人身後，將自己所持的矛頭替換掉。

「瓦利……」

一聲叫喚，瓦利轉過頭，只見枷道躺在不遠處的火堆旁，連忙跑了過去，正要呼喊小黛過來，手卻突然被枷道緊緊抓住。

枷道看著瓦利，舉起一隻手，那隻手的手腕以下已經黑如焦炭，連骨頭都被腐蝕了。

「砍斷它，快點！」枷道大喝。他將手平貼在地，另一手則撿起一段麻繩，遞給瓦利。

瓦利看著枷道，點點頭，接過麻繩，然後將他的上臂綁住。

玉錛砍下，枷道的手肘被從中砍斷，關節與玉錛撞擊，讓玉錛的鋒口應聲裂開，崩了一大塊。

或許是因爲上臂被麻繩緊緊綁住的關係，切斷處並沒有噴出太大量的鮮血，瓦利用石片將剩下連接的皮肉割開，正尋思該如何止血，卻看到枷道指著火堆，這才恍然大悟，連忙用矛桿從旁邊的火堆中撥出一塊燒黑的陶片。

這是枷道自己放進去烤熱的陶片，他早已有了覺悟。

滋滋聲響不絕，枷道的斷臂創口緊貼著炙熱的陶片，混雜著灰燼反覆燒燙後，終於止住了血。瓦利割開枷道身上穿的鹿皮外罩，重新包紮斷臂。

枷道悶哼一聲，在攙扶下搖搖晃晃地站起身，伸出僅剩的手將瓦利扔在地上的玉錛撿起。

「不行啊，你不能再戰鬥了！」瓦利驚呼。

卻見枷道面無血色，但臉上竟露出微笑。

「孩子，別說傻話了，朽屍可以奪走我的手，但它永遠不能奪走我海境勇士的身分。」

說完，枷道舉起玉錛，繼續邁步往朽屍走去。

瓦利無奈，只能跟在他身旁，接連把襲來的朽屍刺倒。兩人來到屋舍前，忽然一道白色身影從屋頂上落下，是小黛，她手持玉矛，身姿靈動，先以飛快的速度掠過地面，避開一名朽屍的揮擊，然後轉動矛桿，一次削斷了幾個朽屍的頭。

「進屋去幫妳母親。」枷道大吼。因爲斷了一隻手的前臂，他的身體在奔跑時有些不太平衡，但他仍然奮力前躍，將一個想進屋的朽屍給砍倒。

小黛出聲應和，她在看見枷道的斷臂時發出一聲驚呼，但隨即便專心於戰鬥，她連刺帶戳逼退屋舍前的朽屍，此時瓦利也來到她身旁，緊握玉矛，若有朽屍靠近便將其一矛刺穿。

小黛推開門進入屋內，只見滿室婦孺，他們圍在芭黛和法甌身邊，兩人倒臥在地，小黛一驚，衝上前去察看，幸好兩人只是過度疲累而昏過去。

小黛將她們叫醒，然後把自己竹筒的栓子打開，讓她們喝下水，兩人才漸漸恢復精神。

「我沒事……」芭黛說道。海境祭司的法術全都須要以吟唱來施法，她的嗓子也因爲連夜的吟唱而沙啞，但她會這麼累並非只是因爲吟唱，而是多日睡眠不足的緣故。

多日來，早在朽屍肆虐之前，她和法甌都會在夜晚面向東方進行儀式，持續一整夜。這是一個古老的儀式，象徵祖靈與大地女神的約定。

從小，芭黛就常聽母親講述各式各樣的故事，內容大多是先民的貪婪和祖先的勇敢。但其實先民並非一開始就是貪婪邪惡的族群，他們的生命曾經燦爛而美好，可是他們忘記一件事，生命的燦爛就像營火中一閃即逝的火花，因爲短暫而燦爛，因爲有限而美好，如果想要讓這些燦爛與美好永遠存在是本末倒置的。

於是追求永生的先民最終腐朽，成爲怪物。

而勇敢的海境人則接受死亡，祂們成爲祖靈，永遠被後代所記憶。

祖靈大部分的時間都在沉睡，聖靈山無人能涉足，是因爲不得打擾祖靈安寢，等到死後，海境人的靈魂才會化爲雲豹，與祖靈一起在聖靈山的樹上共眠。

只有一種情況下，祖靈才會甦醒，而祂們的甦醒，是爲了守護海境。大地女神賜與祖靈力量，讓祂們能和最可怕的災害對抗。

「風暴……」芭黛開口說道：「風暴來了嗎？」

「風暴？婆婆妳在說什麼，現在外面天空很晴朗啊。」小黛一臉疑惑，擔心芭黛是不是因爲太累了而胡言亂語。

「……往大海的方向看……」芭黛撐起身體，向門外指著。「快去。」

連續催促後，小黛才站起身來，往門外跑去。

家屋內，又傳出法甌的吟唱聲。儘管大家都已經拿到了玉石製的武器，法術的支援不再必要，但她仍然繼續唱著，而她所吟唱的咒語，也略有不同。

原本待在家屋內的女人成群結隊地走出門，她們手中都抱著家屋內僅剩的陶罐，看見外面慘烈的戰況，她們臉色鐵青，害怕地渾身發抖。

但沒有一個人躲回屋內，她們跟隨著法甌的吟唱，將手中的陶罐向外傾斜，把罐中的水倒出。

從罐中倒出的不是水，而是霧。

一如在巨石河的法術，法甌將水化爲霧氣，本來應該立即被土壤吸收的水分全都懸浮於地面，往外溢出，霧氣沾染到朽屍的腿，立即使它們崩解。

這個法術對於剋制朽屍相當有效，卻有一個致命的缺點。

那就是需要充足且不間斷的水源。

霧氣很快就會散去，無法長時間滯留。

但它爭取到了一些時間，讓在廣場上戰鬥的人重新部署，從原本的一團混戰變成以房舍爲守護目標的防禦戰，海境獵人與波亞克率領的深谷戰士肩並肩站在一起，共同對抗襲來的朽屍。

小黛出門後，並未穿過圍在屋外的人群，因爲更外層是朽屍群，想要單獨通過是不可能的事，若要組織隊伍開路則更不實際，因爲那樣一來，防守房舍的人數就減少了，屋內的婦孺會有危險。

她繞過屋旁儲存食物的砌石圈，輕輕一躍，跳上了屋簷，沿著屋簷往上爬，到了屋頂。

在主屋這一帶的房舍與房舍間，屋簷是相連的。

小黛在屋簷上跑動，來到了這幾棟相鄰房舍中，最靠近東邊的屋頂。

往東方看去，那裡通往大海。

陽光刺眼，天空甚至沒有雲朵，只有如同羽毛般的淺白色紋路，指向大海的方向。

極爲遙遠的水平線上，天空中有一塊漫長的灰黑色陰影。

然後，小黛看見了。

「風暴！風暴來了。」

她大喊出口，用比她想像中還要大的音量。底下的人群聽見聲音，紛紛抬起頭來，但又隨即回過頭去，繼續戰鬥。

小黛躍下屋簷，落在人群中，然後快步跑進門內。

「婆婆，風暴來了，真的和妳講的一樣。」

芭黛臉上露出微笑。

數道怒吼聲響起，屋外持續著激烈的戰鬥，海境獵人們雖然因爲遠征隊的歸來及深谷戰士的加入而士氣大振，但在戰況上仍是處於壓倒性不利的一方。

小黛聽見殺伐聲，站起身來，也想出去加入戰鬥。

但才邁出一步，手腕就被抓住了。

「戰鬥是獵人與戰士的工作。」芭黛向她搖搖頭。

「我也是海境獵人！」小黛大吼。

「妳當然是，妳是最優秀的海境獵人，但妳也是祭司，現在妳必須履行祭司的責任。」

芭黛緊緊握住小黛的手，她看起來非常虛弱，但力道卻讓小黛怎麼也甩不開。

小黛咬牙，說道：「……我這些年學的那些法術對朽屍一點用都沒有，我不知道該怎麼履行祭司的責任……」

「活著，孩子。」芭黛伸手撫摸小黛的臉頰，拭去她滑落的淚珠。「只要妳活著，海境人就會爲了保護妳而奮戰，這讓他們產生勇氣，勇氣是海境人的靈魂，守護靈魂是祭司最重要的責任，也是祭司值得被人們信任的理由。」

小黛默默無言，她一直知道這件事，只是無法接受。

但現在，她輕輕地點了點頭，放下了身爲獵人的自尊。

芭黛笑了，這個倔強的女孩終於成長了一些。

「當然，除了被保護外，我們還有一些只有祭司能做到的事。」

然後，她開始向小黛口述，那個關於海境祖靈的吟唱咒語。

卡修汗流浹背，氣喘吁吁，手腳痠軟無力，有生以來第一次，他覺得全身的力氣都耗盡了，畢竟他連夜趕回來後，完全沒有休息，就直接投入戰鬥。

在他身邊的馬沙和瓦利看起來也沒好到哪裡去，尤其是馬沙，他看起來一臉很想把玉矛丟掉躲起來的表情，但他站在最前排，如果把玉矛放開，和自殺根本沒差別，所以他只能一邊尖叫，一邊抱怨，一邊把矛刺入眼前每一隻朽屍的腦袋。

如果現在能找個地方休息，卡修好想到部落附近的那條河，河邊有一塊平坦的大石板，正好在一棵大樹的下面，石板很涼快，夏天在那裡睡午覺很舒服。小時候卡修常和小黛與以前的瓦利一起約在那裡烤芋頭，偶爾還有塔木拉和馬沙，直到有一年夏天，瓦利再也無法前來。

少了瓦利，塔木拉和馬沙也不再出現，只剩下卡修和小黛。

那一年夏天之前，卡修曾千方百計想把瓦利支開，但那傢伙總是愣頭愣腦地跟在他們屁股後面，直到他離開了，卡修才發覺自己有多喜歡三個人在一起遊玩的時光。

隔了一年，現在的瓦利來了，不知道爲什麼，小黛就再也沒出現在那塊大石板旁邊，她開始每天往亞沃的家屋跑，爲了不要失去她，卡修後來也跟著去了，三人組又再次重現。

和以前完全不一樣，他明確體認到，新的三人組永遠無法取代舊的三人組，即使這個瓦利也是個不錯的傢伙，但過往的時光永遠不會回來，於是在小黛正式成爲祭司學徒後，卡修也隨即退出三人組，不再整天往亞沃的家屋跑，留下小黛和現在的瓦利。

也許，我那時就已經輸掉了……

不……我根本沒有贏的機會，選擇權從來就在小黛手中。

卡修偷瞄了瓦利一眼，他堅毅的臉上沾著髒血，看起來增添了些許勇猛。

爲什麼現在會想到這些呢？

和五年前相比，現在的瓦利完全就是個海境勇士。

一隻朽屍跳過來，卡修下意識地往前刺，但握矛的手在顫抖，讓矛尖從胸口的位置偏移，劃過了朽屍的肩膀，卡修暗罵一聲，想要立即再補上一矛，此時另一支玉矛從側邊刺來，戳穿了朽屍的腦袋。

持矛的人只剩單隻手臂，他斷臂的傷口雖然已經包紮，卻又開始滲出鮮血，但他似乎感覺不到疼痛一般，向卡修一笑。

那是除了亞沃以外，卡修最尊敬的人——伽道。

我們應該跑得更快一些。

看見伽道的斷臂，卡修感到懊惱，這也讓他完全消除退到後方休息的念頭。

在卡修和伽道的身後，一個拿著竹筒的海境獵人從兩人中間的縫隙把水潑出，讓倒地的朽屍更快地化爲煙霧。

這麼做是爲了避免大家踩踏到倒在地上還未消散的朽屍，而且朽屍堆疊得太高，會增加防禦上的困難，所以每當地上的朽屍疊到超過三層，就必須有人往它們身上潑水。

讓一隻朽屍化爲煙霧不需要太多水量，但在朽屍的連續進攻下，房舍內儲存的水所剩不多，陶罐已經全空了，只剩下爲數不多的竹筒。

而朽屍的數量就和遠征隊剛回來時一樣，一點都沒有減少。

「這些東西到底是怎麼冒出來的，殺都殺不完。」馬沙憤恨地說道。相較於以往，他今天的表現完全可稱之爲驍勇善戰，如果塔木拉還活著應該也會目瞪口呆。

「在死亡谷出現的，你以前沒看過嗎？」瓦利問道。

馬沙哼了一聲。「我才不會把時間浪費在看這種怪物上。」

聽見馬沙的話，卡修笑了起來，因爲小時候每當有孩子提議要去死亡谷附近探險時，馬沙總是會找藉口不去，但他倒也不是眞的沒有好奇心，所以等到大家回來後，他又會拚命追問探險的細節。

「我也不要把生命浪費在這種怪物上……畢竟，還有人在等著我……」望著朽屍群，卡修喃喃自語道。

「有人在等著你？」

看見身旁的瓦利一臉訝異，卡修哈哈大笑，繼續說道：「是啊，瓦利，不是我自傲，如果我死了，會爲我哭泣的女人可比你多好幾倍啊！」

雖然是母親和妹妹們就是了。

還有那個……深谷部落的女孩——露珀。

「請你等我成年。」

她當時說出這句話的堅定神情，此刻突然浮現在卡修腦海裡，揮之不去。

對於這樣的女孩，如果還想躲避，可算不上男人。

如果能夠活下來，他已經知道該怎麼回應了。

一片落葉掠過瓦利的頭頂，風勢似乎開始增強，天空不知何時已經被雲朵塡滿。

此時接近正午，距離遠征隊回到海境已經過了半天，小黛再次進入房舍後就沒有出來，讓瓦利感到有些擔憂，雖然她待在屋內當然比在屋外廝殺來得安全多了。

說起來，小黛剛剛喊了風暴？

忽然有吟唱聲從屋內傳出，是小黛的聲音，但如果仔細聽還會聽見一個蒼老的聲音與其合唱，只是聲音實在太小也太沙啞了，完全不像是合唱，倒像是雜音。

吟唱持續了幾句後中斷，接下來屋內鴉雀無聲，再也沒有聲音傳出。

過了不久，小黛從房舍走出，她出來時瓦利正在和一隻朽屍纏鬥，那隻朽屍動作比其他朽屍來得更快，瓦利一直沒有刺中它的要害。

小黛抄起一支玉矛，來到瓦利身後，然後她伸出一隻手抓住瓦利的臂膀，將他往後拉，接著另一手的玉矛就直接戳進朽屍的胸口。

「跟我來，我們需要你。」小黛向瓦利說道，然後便不由分說地把他給拉走了，離開前，小黛還將手中的玉矛塞入馬沙的手裡。

瓦利跟著小黛走入屋內，只見中央空著一塊石板地，芭黛和法甌坐在一旁。

「孩子，我聽小黛說了關於你的故事。」芭黛和藹地伸出手，撫摸瓦利的臉頰。「如果你曾經和祖靈對話過，那麼這個法術的吟唱，也許你能辦得到。」

聽見芭黛的話，瓦利轉頭看向小黛，小黛點點頭。

「就只差一點點了，但我的力量不足，無法成功施展法術，我應該更早開始進行祭司修業才對。」

瓦利感到頭痛，這五年來，他投入了所有的心力學習如何成爲一個獵人。至於祭司的工作，他完全不了解。

「可是……我不會法術。」

他遲疑著，但一旁的小黛卻說道：「沒關係，我會帶著你，你只要跟著就行了。」

「我……好吧……」看著小黛的眼睛，瓦利無奈地說道。

通常她露出這個眼神，跟她爭辯什麼都沒有用了。

小黛拉著瓦利站上石板，本來瓦利以爲芭黛應該會向他解釋一些儀式之類的規則，但卻什麼都沒有，芭黛和法甌只是安靜地坐在一旁，嘴裡唸唸有詞。

小黛開始吟唱，和以往一樣，她唱的詞句瓦利完全聽不懂，但幸好她唱得很慢，於是瓦利便試著跟上，但才剛發出聲音，大腿就被芭黛拍了一下。

「不對，你要唱的詞和她不同。」

「可是……她說我跟著就好了……」

「是跟著她，不是跟著唱。」

跟著她……什麼意思？

她就站在這裡，沒去任何地方啊。

瓦利滿臉迷惑。

看著他，芭黛笑了起來。「跟著她，就是仔細聆聽她的歌聲，她會帶你找到祖靈的意識。」

瓦利點點頭，雖然他還是一知半解，但總之只能先照著芭黛的話來做了。

他閉上眼，試著讓自己專注在小黛的歌聲中。

小黛的吟唱並未因爲剛才芭黛和瓦利的對話而中斷，她持續地引吭高歌，將聲音不斷推向各種高低起伏的山巒與谷地，彷彿是這片土地自行發出的鳴叫。

風在吹動，瓦利清楚地感覺到，他還聽見水流的躍動，樹葉落下時的嘆息，海浪衝上沙灘又隨即滑落的旋律。

突然一道衝擊進入了瓦利的大腦，他感覺腦袋彷彿被石矛刺穿，無數的聲音和影像呼嘯而過，展示了這塊土地的一切過往，宛如一場風暴，瓦利不由自主地張大了嘴巴，他想大叫，卻發出了他無法理解的吟唱。

祖靈之歌。

然後，一切慢慢靜了下來。

瓦利聽見有人開口說話。

「好久不見……」

瓦利睜開眼睛，只見自己不知何時離開了海境部落的房舍，來到了一片山林之中，他和小黛站在一棵龐然巨樹的枝幹上，小黛已經停下吟唱，但不知爲何，竟然仍能聽見她的歌聲，像是回音般。

大樹的主幹上，一頭雲豹趴臥在兩人身前，一臉慵懶的模樣。

「眞是的，讓我等了你們這麼久……」

雲豹站起身來，走到小黛身前，兩行眼淚從她的臉頰滑落。雲豹用鼻尖磨蹭了一下小黛的下巴，卻無意間將眼淚吸入了鼻子，使祂一連打了好幾個噴嚏，狼狽的模樣引得小黛破涕爲笑。

從成爲學徒開始，她一直在等著這一天。

那些出現在她腦中的聲音，並不是幻覺，祖靈一直在呼喚著她，並且等待著生死兩界的紗線連接起來。小黛不僅擁有風神的祝福，也同時被祖靈所選擇，祭司就是被祖靈選擇的人，必須承擔連接紗線的任務。

「……祢當初爲什麼選擇我？」瓦利問道。

他看著小黛伸手撫摸雲豹的背脊，這才發現祂的體型比原先以爲的小了許多。

曾經擁有瓦利這個名字的雲豹，因爲背脊被撫摸而瞇起了眼睛，彷彿完全沒聽見他說了什麼，直到他再問了一次，才回答道：「這個嘛，年紀和我差不多，漂在大海上的男孩可不是隨處都遇得到，而且……」

「而且？」

「其實不只是我選擇你，你也選擇了我們。」

「什麼意思？」

「你不是明明虛弱得都快死了，還拚了命把獨木舟往風暴划去嗎？」

「……」

「你很勇敢，選擇面對風暴，我給你玉管和瓦利這個名字只是讓你加入海境部落的契機罷了。」

瓦利沉默不語，他一直知道這些，但他需要有人親口告訴他。

多年來的罪惡感終於消散，瓦利跌坐在地。他環顧大樹，只見四周不知何時已經被斑斕的色彩毛皮所填滿，一頭雲豹緩步靠近，祂來到瓦利身旁，將頭輕靠在瓦利肩上。

「瓦利，我的孩子……你要好好保重。」

……是帕娜。

瓦利緊緊抱住她，眼角溢出淚水，雖然只有短短幾年，但帕娜一直毫無保留地愛著自己。

久久的擁抱後，瓦利才放開帕娜。另一頭雲豹走了過來，表情不怒而威，一看就知道是亞沃。

祂將額頭與瓦利的額頭互相碰觸。

幾次呼吸後，祂後退了幾步，雖然沒有對話，但瓦利知道，這是亞沃特有的道別與祝福。

「那麼事不宜遲，我們馬上開始吧。」

化身為雲豹的亞沃轉向瓦利，琥珀色的眼睛與瓦利四目相對。

瓦利腦中轟然一響。

巨大的歌聲在瓦利腦中響起，瓦利張開口，吟唱的歌聲自然傾瀉而出，瓦利這時才知道，原來小黛剛剛所說的話的眞意。

只要跟著就行了。

法術的咒語是由祖靈所吟唱，瓦利所要做的，只是張開口，並且跟隨著歌聲回到海境。

四周景物再度改變，瓦利和小黛飛出山林，瓦利認得山林所在的位置，那是海境人靈魂的歸屬之地——聖靈山，他們兩人在高空翱翔，隨著歌聲的旋律上下起伏。

最後，他們在吟唱中落回地面，回到他們肉身所在的房舍當中。

瓦利再次睜開眼，他的歌聲沒有間斷，在祖靈離去前，他會繼續歌唱。

伴隨著數道閃光，天空中響起雷鳴。

人群中響起歡呼聲，如果下雨，他們就贏定了，朽屍會被雨水消滅，這是連小孩子都知道的事。

卡修聽著從屋內傳出的歌聲，茫然地望著朽屍群。

為什麼瓦利能夠如此流暢地唱出這些連海境人都不懂的詞句？

這不是祭司才能做到的事情嗎？

「卡修！」

耳邊傳來馬沙一聲大吼，卡修回過神來，赫然看見一隻朽屍的臉出現在眼前，幾乎都快要碰觸到自己的鼻尖了，卡修連忙往後一躍，玉矛刺出，穿過朽屍的喉嚨。

「在發什麼呆啊，你差一點就死了！」馬沙怒罵。

卡修向他聳聳肩，然後轉頭看向房舍。

在那一瞬間他以爲自己眼花了。

因爲，在房舍的屋頂上，那些不是……

卡修無暇細想，急促的吶喊又將他的注意力拉回戰場，朽屍群再次衝了過來。卡修將矛尖往前刺去，刺中了朽屍的頭顱，但在他還來不及將矛尖上的朽屍甩落在地時，另一隻朽屍竟然已經衝了上來。

卡修連忙躲開，幸好枷道的長矛立即刺過來，替他解決了這隻朽屍，但才剛鬆一口氣，下一隻朽屍已經跳了上來。

它們怎麼了？爲什麼突然變得這麼凶猛？

「大家撐住，這些怪物想在下雨前解決我們！」枷道大吼。他唇色發白，仍單手持矛，步履蹣跚，彷彿隨時都要倒下，但仍舊無所畏懼地向前衝去。

卡修和馬沙跟在他身旁，三支玉矛往前突刺，似乎將因爲朽屍猛攻而後退的戰線再次往前推進了一些。

但這樣的錯覺一瞬間就結束了，更多的朽屍一擁而上，它們爭先恐後地衝進長矛陣中，雖然自己的身體被刺穿而消滅，但卻讓其他朽屍們擠進了玉矛間的縫隙，許多矛桿碰到了朽屍，紛紛腐蝕爛掉，玉石矛尖也隨之落地。

這造成了一個破口，破口一旦形成，朽屍就會從破口中衝入。

卡修拎著斷矛，眼睜睜看著朽屍撲向自己。

一聲怒吼，卡修眼前一花，一頭動物撲向正要襲擊自己的朽屍，將它壓倒在地。

那是一頭雲豹。

「祢……祢是……」卡修看著救了自己的雲豹，顫抖著說。

他一眼就能認出祂，即使雲豹的外形和過去的人類外觀有天壤之別，沒有半點相似之處。

但靈魂仍然是卡修所熟悉的——

瓦利。

「戰鬥時不可以發呆喔，卡修。」雲豹瓦利向卡修說道。祂揮出一掌，擋住了另一隻想要衝過來的朽屍。

「在我們對付這些怪物的時候，你們快點進入屋子裡吧，風暴要來了。」

卡修點點頭。

接著雲豹瓦利又說道：「對了，很抱歉我把那傢伙送來這裡，尤其是對你，眞的很抱歉。」

祂說的「那傢伙」當然就是指現在的瓦利。

「有你這句話就夠了。」卡修拍拍祂毛茸茸的腦袋。

一旁傳來哭聲，卡修轉頭一看，只見馬沙的身旁也有另一頭體型較大的雲豹，馬沙緊緊抱著祂的身軀，嚎啕大哭。

塔木拉……

雲豹塔木拉看起來一臉無奈，祂用後腿踹飛了一隻朽屍，卻不知該怎麼擺脫馬沙的糾纏。

四周響起低鳴，數不清的雲豹們紛紛從屋頂躍下，祂們將朽屍團團包圍，儘管朽屍不斷地衝上前，試圖攻擊人類，卻完全無法從雲豹的包圍中脫出。

卡修抬起頭，望向房舍的屋頂。

一隻雲豹端坐在屋簷上，祂不怒而威的眼神帶著慈祥。

亞沃。

卡修大笑起來，接著他驚訝地發現自己和其他戰士們同時開始了吟唱，那些歌聲從祖靈的意識經由小黛和瓦利傳入他們腦海中，那是海境的歌聲，將世世代代的海境居民連繫在一起。

深谷部落的戰士團也跟著退入房舍內，拜傑出的戰鬥技巧所致，他們幾乎沒有犧牲者，只有幾人受到了輕傷。

廣場颳著大風，波亞克目瞪口呆地看著廣場上的雲豹群。

那些都是神話，只是睡前故事，他不知嘲笑過阿慕伊多少次，這些只是故事，不是眞的。

如果神話是眞的，那爲什麼身爲祭司的母親卻被死亡帶走了？

但現在，波亞克跪倒在地，他感覺身心被一股強大的力量所塡滿，就像那天與自己對決的老人一樣強大，眼淚不可抑制地從他的眼眶滿溢而出，因爲從現在起，他願意相信。

人會死去，但靈魂將永遠陪伴。

這裡是海境部落，祖靈所化身的雲豹是海境的守護神。

3

風暴瞬間席捲了整個海境。

當暴雨降下時，朽屍並未逃走，也許比起被消滅的恐懼，貪婪更驅動了它們的本能，它們拚命地和眼前的雲豹纏鬥，想要將祂們腐蝕，但這些雲豹和它們從前消滅的任何生物比起來都太過頑強了，而且祂們的身體無法被污染，因爲那不是實體，那是強壯而驕傲的靈魂。

雲豹們並未積極地追殺朽屍，而是將消滅朽屍的責任交給雨水，祂們只是不讓朽屍靠近任何一間房舍，因爲那些房舍裡有雲豹們的族人，祂們永遠的血脈。

斗大的雨滴打在朽屍身上，溶化了它們的身體，接著狂風颳起，將先民的貪婪一併吹散。先民的詛咒最後消失在女神的淚水之中。

大地迎來了久旱後的甘霖，朽屍不復存在，但它們無法眞的被消滅，因爲朽屍的貪婪根源於人性中，下一次的乾旱仍然有可能喚醒它們。

風暴止息，小黛和瓦利衝出門外，天空遼闊晴朗，大雨過後的世界煥然一新。

而朽屍及雲豹都已不見蹤影。

尾聲・守望

天空是一片湛藍。

瓦利躺臥在海面上，任由波浪搖曳著身軀。

竹弓和箭袋被放在不遠處的海灘上，一旁還擺著他的石矛和一個沉重的竹籃。

該回去了……

瓦利站起身來，水深只及他的大腿，海風吹來，讓他打了一個噴嚏，深秋的海水還是太過冰冷了些。

他慢慢走回岸上，兩手將垂落於前額的髮絲梳理至腦後，擠去水分後用細繩紮起，雖然仍是濕漉漉的，不過回到部落應該就乾了。

今晚是收穫祭，也是前往深谷部落的狩獵團歸來的日子。

朽屍消滅後，深谷戰士拒絕了作爲玉石回禮的稻米，他們願意等到海境的糧食作物收成。

卡修在出發前緊張個半死，因爲這是他第一次擔任團長副手，必須全程參與宴會，另一個更重要的原因，是他要到吉米克的家屋拜訪。

並且請求吉米克同意他和露珀的婚事。

當然，並非立即結婚，至少得等露珀成年才行，但先取得女方長輩的允諾也是必要的，一旦吉米克同意，接下來卡修就有得忙了。

除了開採石柱，建造自己的家屋外，他還得提前準備之後婚禮迎娶要帶的鹿皮。

同行的人除了卡修的父親，還有海境部落的頭目枷道，因為枷道必須回去喝完那杯亞沃承諾過的酒，除此之外，還有許多同氏族的長輩和兄弟們，甚至連馬沙也跟著去了。

一想到吉米克和卡修面對面、正襟危坐的模樣，瓦利就忍不住笑意，他望著即將隱沒於海面的落日，金色的餘暉映照著他的臉。

窸窣的腳步聲響起，瓦利回頭，只見小黛不知何時已經來到他的身旁。

對於小黛這種來無影去無蹤的本領，瓦利已是見怪不怪。

海風吹拂著她的長髮，她為了晚上的收穫祭特別精心打扮，除了平常使用的玉簪外，頭帶上還環繞著一圈玉鈴，身上穿著一襲白色長裙，讓她的身材顯得更加纖細，宛如雲朵般柔嫩的胸膛，依然戴著與瓦利成對的玉管。

「小黛……」瓦利鼓起勇氣喊道。「……為什麼妳對我這麼好？」

話一說出口，他就後悔了，這是什麼爛問題？他本來要說的應該是更重要的話才對。

按照卡修的建議，他應該先展示自己強壯的臂膀，將小黛環抱住後，在她耳邊說出自己的愛意。

如果順利的話，今晚他就能邀請小黛一起跳舞。

成年後的第一支舞。

但他卻搞砸了，不但沒有展現任何魅力，還全身濕淋淋的，活像隻落水狗，只問了一個蠢問題。

如果小黛對他好的理由只是閒著無聊怎麼辦？

瓦利的自信心逐漸萎縮，也許他不應該那麼衝動，急躁的狗追不到獵物，何況比起卡修和其他人，他還是稍微領先了一步……應該吧……

小黛微微一笑，說道：「一開始親近你，是為了隨時能夠殺掉你。」

「什麼！」瓦利失聲叫道。

「獵場是最適合的地方，沒人能聽見你的慘叫聲，要偽裝成意外或失蹤都很容易，再加上你在狩獵時有很多壞習慣，像是移動的路徑、選擇遮蔽物的位置，只要利用陷阱，要殺死你是易如反掌。而且，你在狩獵時死了，也不會有人懷疑我，一方面是沒有證據，另一方面是大家都知道我對你很好，好到讓其他男孩子們都嫉妒了，對吧？」

瓦利臉上一陣青一陣白，答不出話來。

小黛一臉正經地繼續說道：「因為我知道你不是原本的瓦利，但當時又不知道你是不是部落的敵人，所以與其疑神疑鬼，還不如接近你，教導你海境的語言和生活技能，讓你信任我。當然，過了一段時間後我就確定，你只是個想好好活下去的好人，就把你從狩獵目標中移除了。」

「狩獵目標……妳有這種東西？」

「每一個獵人都有啊，就像你今天的目標，應該是這些海岸邊的魚吧。」小黛指著一旁的竹籃，裡面裝著瓦利用弓箭射中的魚。

「我小時候看過我父親這麼做，本來我只是來找些螃蟹和貝類而已……等等！妳既然把我從狩獵名單中移除了，那為什麼後來還是一直來找我呢？」瓦利繼續追問，不讓小黛轉移話題。

「這個嘛……究竟是為什麼呢？可能是為了以防萬一，也可能是我覺得這樣的追蹤遊戲很有趣，或者是因為我是下一任的海境祭司，這只是我的職責所在……當然，還有可能是因為別的原因。」

「別的原因？」

瓦利呆呆地看著小黛，日落的餘暉映在她的臉龐，染成通紅一片，但她的眼中散發著光芒，宛如天上繁星。她走近瓦利，伸手摟住瓦利的後頸，然後踮起腳尖。兩人的嘴唇互相碰觸，儘管動作略顯青澀，但姿態彷彿雙生樹般美麗。

片刻之後，兩人才慢慢分開。

「觀察你的反應眞的很有趣。」小黛眨了眨眼，露出狡黠的笑容。

瓦利這才突然意識到自己被小黛耍了，他還沉浸在剛剛的溫暖中，嘴唇上彷彿還留著少女的餘香，他看著小黛泛紅的臉頰上滴了幾顆從自己髮絲落下的水珠，宛如一朵嬌嫩的花。

「我們走吧，回到部落去。」

瓦利揹起竹籃，一手拿著石矛，正當他準備撿起放在地上的竹弓和箭袋時，小黛卻先將它們拿了起來。

小黛把竹弓和箭袋揹在身上，然後，牽起瓦利的手。

兩道足跡從海灘一路延伸至海境部落，隨著漲潮，某些足印很快就被抹去了，其他殘留的足印，很快也會在風的吹拂下消失，畢竟沒有任何事物是永恆的，也許終有一天海境部落也將會消逝，捲入時光的激流之中，再也不被人知曉。

然而即使那一天到來，這塊土地依然承載著海境部落的故事，祂提供每一個來到此地的生命庇護，並記憶他們的一生，直到生命結束，靈魂脫離軀殼，每一位化爲雲豹的靈魂都將與這塊土地合而爲一，唱著雲豹之歌，並繼續守望新的住民。

《風暴之子》全書完

後記　從海境部落的故事中找尋卑南文化人

作者　葛葉

非常感謝國立臺灣史前文化博物館以及博物館助理研究員葉長庚大哥的資料提供與幫助，這本小說才得以完成。

感謝我的家人與朋友，願意包容我總是神隱，謝謝你們的支持、鼓勵還有巧克力。

感謝月亮熊、薛西斯、逸清、筆尖，還有蓋亞出版社的總編與責編在我寫作時給予的建議和幫助。

感謝繪師 nofi，你筆下的海境美得難以置信。

《風暴之子》是一本以卑南遺址爲發想的奇幻小說，故事情節雖然虛構，但所取用的材料卻非常眞實，這對於我而言是一次非常有趣卻也極爲困難的挑戰，因爲卑南遺址的時代背景是五千兩百年前至兩千三百年前，沒有留下任何文字紀錄，僅存巨大的石柱與數以千計的石板棺，以及作工精美的玉器供後人遙想。

去臺東取材的時候，我親身走了一趟卑南遺址的所在地——臺東火車站、史前博物館、遺址公園、都蘭山、卑南大溪、利吉惡地……

這些景觀與地貌慢慢形塑出我心中的「海境部落」。

《風暴之子》講述的故事發生在遠古時代，在一開始向史前文化館提出大綱時，就確定了主軸會是一個卑南文化人部落對抗天災的奇幻故事。

這個主軸看似簡單，但實際寫起來卻備感艱辛，如何在奇幻故事中呈現卑南文化人的生活是一大難題，再加上搜集到的資料指出，卑南遺址是臺灣目前發現最大的史前聚落，卑南文化人所居住的地區，是一塊非常富饒的土地，獵物充足，甚至利用合適的自然環境資源大量種植稻米。

這樣的一塊寶地，究竟會發生什麼足以威脅到部落存亡的天災呢？

奇幻小說的魅力在於「虛構」與「眞實」的結合，我們可以從《陰陽師》中的魑魅魍魎一窺平安時代的人心，也能在《冰與火之歌》裡看見中古世紀玫瑰戰爭的血腥鬥爭。

反覆思考後，我再次提交了大綱。

我將天災，也就是故事中的旱災擬人化。

「朽屍」就此誕生。

朽屍居住在死亡谷，死亡谷因爲詛咒而寸草不生。之所以這樣設定，是因爲在卑南遺址附近，有一處特殊地貌——利吉惡地，也就是類似月世界的荒涼景觀。

而形成朽屍的先民與對抗它們的海境人，我則是偷偷帶入了長濱文化人與卑南文化人的相對關係。

要打倒朽屍非常簡單，下一場雨就行了，但對於史前部落來說，面對旱災時，等待那一場遲遲不下的雨可是十分煎熬。

殺死朽屍的另一種方法，則是使用玉器。在史前時代，花蓮出產的玉曾經被大量使用與流通，遍及全臺灣，甚至遠至菲律賓、越南與泰國。

卑南遺址出土了許多精美玉器，大多是裝飾品與陪葬品，由此可知玉器的使用和史前卑南文化人的社會行為、儀禮或信仰息息相關。

要對抗朽屍這樣的天災，除了雨水，就只有信仰了。

信仰支撐著史前人的靈魂，幫助他們度過災厄。

故事中出現了好幾種玉器，像是作為武器的玉矛和玉錛，以及一開始用來連繫人物關係的玉管，還有祭司頭上戴著的玉鈴。雖然我很想在故事中詳述這些玉器的製作，但時至今日，其實我們仍然無法確定當時製作這些精美玉管和玉鈴的高超技術究竟為何種樣貌。

海境祭司的耳飾是由卑南遺址出土的「人獸形玉玦」所發想的，玉器的形狀為雙人並立，頭上是一匹狀似貓科動物的獸形，獸足即為人形的頭部，由此可見人類成為貓奴的時間久矣。

這本書以雲豹為核心，雖然雲豹的出場次數並不多，但作為海境部落的信仰，我在寫作時也一直思索著，究竟該如何呈現雲豹的姿態。

有趣的是，在這個時代，雲豹就和卑南文化人一樣，都屬於「雖然知道曾經存在，可是已經消失」的事物，但電視偶爾播出一些疑似找到雲豹蹤跡的新聞，就夠大家討論一陣子，有些人會翻開檔案史料，證明臺灣雲豹早已滅絕，甚至有可能從來沒有臺灣雲豹這個物種。

但也有些人，可能跟我一樣，相信在某個山區的樹上仍有雲豹棲息著。

看來就算到了現在，雲豹仍然是信仰。

說回《風暴之子》。

這本書並非知識介紹的科普書，當初的目標是期望它能給予這些出土的史前文物一些樂趣與想像，讓卑南遺址不再只是社會課本裡的一篇章節，而是成為一顆激發對臺灣史前時代好奇心的火種。

在創作的過程中，史前博物館給了我相當大的自由度，我和葉長庚大哥也曾經討論過各種企劃的可能性，例如輕小說、歷史推理，還有ＢＬ……

咳咳……

總之，最後我選擇了奇幻。之所以選擇奇幻，是因爲奇幻是我開始創作的啓蒙，我曾經徜徉在《地海》、《魔戒》、《十二國記》的文字中，並進而想要深入探究其創作的文化背景。

願《風暴之子》也能帶領看這本書的你，回到遠古時期的臺灣。

二〇二〇年三月二十八日

ST015

風暴之子

失落的臺灣古文明

國家圖書館出版品預行編目資料

風暴之子：失落的臺灣古文明／葛葉 著.——初版.——
臺北市：蓋亞文化，2020.05
面；　公分.——（ST015）
ISBN　978-986-319-489-7

863.57　　109005970

作　　者　葛葉
插　　畫　nofi
封面裝幀　莊謹銘

指導單位　文化部
企劃單位　國立臺灣史前文化博物館
編輯審查　國立臺灣史前文化博物館出版品編輯委員會
企劃執行　葉長庚、劉宜婷
地址：95060 臺東縣臺東市豐田里博物館路1號
電話：089-381-166　　傳眞：089-381-199
網址：http://www.nmp.gov.tw
責任編輯　盧琬萱
主　　編　黃致雲
總 編 輯　沈育如
發 行 人　陳常智
出 版 社　蓋亞文化有限公司
地址：台北市103大同區承德路二段75巷35號1樓
電話：02-2558-5438　　傳眞：02-2558-5439
電子信箱：gaea@gaeabooks.com.tw
投稿信箱：editor@gaeabooks.com.tw
郵撥帳號　19769541　戶名：蓋亞文化有限公司
法律顧問　宇達經貿法律事務所
總 經 銷　聯合發行股份有限公司
地址：新北市新店區寶橋路235巷6弄6號2樓
電話：02-2917-8022　　傳眞：02-2915-6275
港澳地區　一代匯集
地址：九龍旺角塘尾道64號龍駒企業大廈10樓B&D室
電話：+852-2783-8102　　傳眞：+852-2396-0050
初版四刷　2022年9月
定　　價　新台幣 299 元
Published and printed in Taiwan

ISBN 978-986-319-489-7

Gaea

GAEA